ハァ…
ハァ…
ハァ…
ハァ…

ハァ…
ハァ…

ハァ…
ハァ…

真田十勇士

Sanada
Juyushi

小説／田中 創　イラスト／岡本圭一郎

Gakken

ブックデザイン／大野虹太郎（ragtime）
編集／舘野千加子
編集協力／相原彩乃、北村有紀、黒澤鮎見、原郷真里子、藤巻志帆佳、関谷由香理、ヨーコ
DTP／四国写研

序章

師走《しわす》ともなれば、草木の葉も枯《か》れ落《お》ち、吐《は》く息も白くなる。大坂《おおさか》の空にも粉雪《こなゆき》が舞《ま》い始《はじ》め、野山の獣《けもの》たちも冬ごもりを始めようとする季節だ。

特にこの慶長《けいちょう》十九年は、強烈《きょうれつ》な寒波《かんぱ》に見舞われていた年である。極寒の冬だ。肺《はい》の中まで凍《こお》りつくような空気が、すべてを支配していた。

それも、日も昇《のぼ》らぬ早朝ともなればなおさらである。粉雪が舞う薄暗《うすぐら》い世界の中で、大坂じゅうの生きとし生けるものたちは、みな穏《おだ》やかな静寂《しじま》に包まれていた。

しかし、何事にも例外はある。周囲の山々がいまだ静かな眠《ねむ》りについている中、異様なまでの熱気に満《み》ちあふれている場所があった。

熱気の出所は、大坂城南端の出城《でじろ》、真田丸《さなだまる》である。

十人の勇士たちが曲輪《くるわ》中央の広場で火を囲んで座り、出陣《しゅつじん》の準備を整えていたのだった。

「ついに、この日がやってきたな」

勇士のひとり、猿飛佐助《さるとびさすけ》は、腰《こし》に差した忍《しの》び刀を抜《ぬ》き、その刃をたき火の炎《ほのお》にかざしていた。鍛《きた》え抜《ぬ》かれた鋼《はがね》が炎にきらめき、刀身には佐助の姿《すがた》が映し出されている。

きりりと太い眉《まゆ》に、鋭《するど》い眼差《まなざ》し。佐助の主に言わせれば、「肝《きも》の据《す》わった面構《つらがま》え」というやつらしい。クセの強い髪の毛も、しっかりと後頭部で束《たば》ねてある。

鍛《きた》えに鍛え、引き締めた身体に纏《まと》うのは、仲間たちと同じ赤備《あかぞな》えの忍《しの》び装束《しょうぞく》である。鉢金《はちがね》や手甲《てこう》には、真田《さなだ》家の家臣であることを示す六文銭《ろくもんせん》の家紋《かもん》が飾られていた。

我ながら、戦闘《せんとう》態勢は万全だ。佐助は忍び刀を腰に収め、ふうっと息をついた。

「ようやく真田家に恩を返せる。この十年、おいらたちが磨《みが》き上《あ》げてきた忍びの術を、徳川《とくがわ》の連中に見せつけてやることにしようぜ」

佐助の隣《となり》で「ああ」とうなずいたのは、霧隠才蔵《きりがくれさいぞう》である。

「俺たちならきっとやれる。信頼しているぞ、佐助」

才蔵もまた、佐助と同じ赤備えの忍び装束を身に着けている。体つきは細身でしなやか。灰色がかかった長い前髪が、その端整《たんせい》な顔の半分を覆《おお》い隠《かく》している。

同じく忍びの者ではあっても、才蔵は佐助とは対照的な風貌《ふうぼう》だった。佐助が太い幹をもった樫《かし》の木ならば、才蔵はどこか柳《やなぎ》のように繊細《せんさい》な見た目をしている。

才蔵はたしかに、見た目こそ華奢《きゃしゃ》ではある。しかし、こと忍びの世界において、体格の良さと強さとは無関係なのだ。忍びが、普通の武士とは大きく違う点のひとつだ。

実際この才蔵は、凄《すさ》まじい術の使い手なのである。佐助はそれを、昔からよく知っていた。佐助にとって才蔵は、誰よりも背中を任せるにふさわしい、頼れる相棒《あいぼう》なのである。

「日が昇《のぼ》れば、敵は必ずこの真田丸にしかけてくる。それまであと四半刻(約三十分)と言ったところか」

才蔵は、決戦を前にしても、まるで浮足立《うきあしだ》つ様子は見られなかった。いつもながら、研《と》ぎ澄《す》まされた刃のように冷静な表情を浮かべている。緊張などみじんも感じていないのだろう。それが、佐助には非常に頼もしく感じられるのだった。

「そうだな。待ち遠しいくらいだぜ」

「偵察《ていさつ》によれば、敵は三十万の大軍勢。対して、味方は十万足らず。しかもその大半が寄せ集めの牢人《ろうにん》たちときている。佐助、お前はこの戦況《せんきょう》をどう見る」

そんな才蔵の問いに対し、佐助は間髪《かんぱつ》入れずに答えた。

「考えるまでもねえよ。おいらたちの勝ちに決まってる」

「その心は?」

「だってこの真田丸には、この日本《ひのもと》の最強の勇士たちがそろってるんだぜ。そしてその中には、おいらとお前がいる」

佐助の答えを聞いて、才蔵は一瞬《いっしゅん》あっけに取られたように目を丸くした。ややあって、ふっと小さく笑ってみせる。

「なんともお前らしい答えだな。なんの根拠《こんきょ》もない。あまりに馬鹿げた理屈《りくつ》だ」

「うるせえよ」

「だが、そういうお前がいたからこそ、真田家にはこれだけの勇士たちが集ったのだろう」

才蔵は、たき火の周囲で過ごしている仲間たちへと目を向けた。

武具を整えている者。糧食《りょうしょく》をかきこんでいる者。景気づけの酒を楽しんでいる者もいる。みな、思い思いに徳川との決戦に向けて準備を進めているようだ。

自分たちこそ、真田十勇士。

その名の通り、この場にはひとりとして臆《おく》している者はいなかった。

「俺も同じだよ」

才蔵はふっと息をつき、夜明けの空を見上げた。

「十年前、お前に出会えたから、俺は今ここにいる。お前と過ごしたこの十年間は、俺にとってはかけがえのないものだ」

改めて才蔵にそう言われると、なんだか照れくさいものを感じてしまう。佐助は「なんだよ急に」と鼻を鳴らし、才蔵にならって空を見上げた。

「おいらたちの夢、絶対に一緒《いっしょ》に果たそうな。才蔵」

視界の先、近江国を囲む山々の端《はし》には、うっすらと朝焼けが映えていた。まるで、あの日の九度山《くどやま》と同じように。

＊＊＊

それは猿飛佐助がまだ、十歳になるかならないかという頃の話だ。

正確に言えば当時の佐助は、まだ「猿飛佐助」ではなかった。ただの「佐助」である。

名もなき村落のイタズラ坊主に過ぎない佐助には、武士のように立派な字《あざな》（苗字《みょうじ》）などは無かったのだった。

佐助は、親の顔を知らずに育った。家族と言えば祖父がひとりきり。その祖父も亡くなったばかりで、当時は天涯孤独《てんがいこどく》の身の上であった。

――わしになにかあったら、九度山《くどやま》の殿様を頼れ。

それが、祖父の遺《のこ》した言葉だった。

九度山といえば、紀州高野山《きしゅうこうやさん》のほど近くの集落である。佐助が暮らしていた村落も、そう遠くない場所にあった。

祖父によればその九度山の屋敷《やしき》には、日本一《ひのもといち》の立派な殿様が隠《かく》れ暮《く》らしているという。

どうしてそんな立派な殿様が、九度山みたいな田舎《いなか》で暮らしているのか――。話を聞いて、佐助も疑問に思ったことだ。

祖父が言うには、どうやらその殿様は昔の戦いで徳川家康《とくがわいえやす》に敗北し、流罪《るざい》となってこの地にやってきたらしい。

徳川家康の名は、子どもの佐助でもよく知っていた。徳川幕府の将軍《しょうぐん》だ。この日本じゅうの武家を束《たば》ねる、いわば武士の親玉のような存在である。

九度山の殿様とやらは、そんな徳川家康に歯向かったのだという。詳《くわ》しい事情は知らないが、弱いものが強いものに立ち向かうのは、とんでもない勇気が要《い》ることだ。きっとその殿様は、よほど気骨《きこつ》のある人物だったに違いない。そう佐助は思っていた。祖父だって、「その殿様ならきっと、佐助を悪いようにはしない」と言っていた。少なくとも、悪い人物ではないのだろう。

もっとも佐助としては、その殿様の世話になるつもりはなかった。誰かに仕えるということは、生き方を縛《しば》られることになる。おいらは今まで通り、自由気ままに生きていければそれでいい――そういう風に思っていたのだ。

しかし、好き勝手に生きていくのは、言うほど簡単なことではない。

なによりも、銭《ぜに》がいる。

そして佐助のように何も持たない子どもにとっては、銭を得る手段は限られていた。他人から奪《うば》うか、盗《ぬす》むかしかない。

だから佐助は、盗むことを選んだ。

盗みに入るあては、ひとつしか思い浮かばなかった。例の九度山の屋敷《やしき》である。殿様と呼ばれるほどの人物なら、きっとなにか金目のものを隠《かく》しているに違いない。佐助は、そう考えたのである。

佐助が九度山の屋敷を訪れたのは、とある日の明け方のことだった。下手に深夜に忍びこむよりも、多少明るい早朝の方が、見張りも油断すると踏《ふ》んだのだ。

九度山の屋敷は、紀ノ川を見下ろす中腹にひっそりと佇《たたず》んでいた。

屋敷の正門には六文銭《ろくもんせん》をかたどった彫《ほ》り物《もの》が施《ほどこ》されていた。しかし、この当時の佐助にはその彫り物の意味はわからなかった。丸い模様が並んでいるのを見て、団子《だんご》かなにかの絵だと思ったくらいだ。

屋敷の飾りものといえばそのくらいで、その他には、目立つ装飾《そうしょく》はないようだった。日本一の殿様の住む屋敷にしては、あまりにもつつましい。むしろ神社や仏閣《ぶっかく》のように、質素《しっそ》な佇まいの建物だった。

佐助にとってこれは予想外なことだったが、だからといって盗みの計画を取りやめるつもりもなかった。案外こういう屋敷の方が、財宝を貯めこんでいるものなのかもしれない。

「さてさて、どんなお宝に出会えるやら」

佐助は抜《ぬ》き足差《あしさ》し足《あし》で、屋敷の裏手から敷地内に忍《しの》び入《い》った。

まだろくに日も昇らぬような早朝だ。予想通り、屋敷を巡回《じゅんかい》する見張りもちらほらとしかその姿《すがた》を見かけなかった。

というより、そもそもこの屋敷、家来の数が少ないのかもしれない。やはり、殿様が徳川家から嫌《きら》われているせいだろう。

なにせ徳川家の長、徳川家康といえば、全国の武士の中でも最大級の力を持つ人物である。その家康に敵視されてしまえば、どんな立派なお殿様だろうとおしまいなのだ。家来を多く抱《かか》えようとすれば、「謀反《むほん》の疑いあり」として、今度こそ攻め滅《ほろ》ぼされてしまう可能性すらある。だからせいぜい、田舎の農民に毛の生えたようなつつましい生活を送るしかできないのだろう。そのくらい、子どもだって理解できる。

ともあれそのおかげで、佐助が盗みに入るのは楽なものだった。

庭を通りすぎ、さほどの時間もかからずに蔵《くら》らしき建物を発見する。

蔵の前には、番兵《ばんぺい》と思しき老武士がいた。頭はすっかりはげあがり、枯《か》れ木《き》を思わせるような老人だった。

老武士は佐助と目が合い、「むっ!?」と目を白黒させる。

「こんなところに小童《こわっぱ》じゃと？　お主、いったい何者――」

老武士が口を開きかけた瞬間《しゅんかん》、佐助はその顔に向かって石を放り投げていた。こぶし大の、手ごろな大きさの石だ。さきほど拾っておいたものである。

石は老武士のはげ頭にカコンと命中。佐助の狙《ねら》い通《どお》り、老武士はバッタリと後ろに倒れた。首尾《しゅび》よく気を失ったようだ。

狙《ねら》い通《どお》りだ。佐助は「へへ」と小さく笑った。

佐助はもう一度石を拾い上げ、蔵の錠前《じょうまえ》を叩《たた》き壊《こわ》した。これで難なく蔵へと足を踏《ふ》み入《い》れることができる。

蔵の中は埃《ほこり》っぽく、無造作にいくつか木箱や壺《つぼ》が積まれていた。保管されているのは反物《たんもの》や油、酒の類。日用品がほとんどのようだ。

大部分がつまらないものばかりだった。売っても、二束三文《にそくさんもん》にしかならないだろう。

だが、そんな中に、ひとつだけ佐助の興味を引いた品があった。

「これは……？」

蔵の奥に、刀掛けが設《しつら》えられている。そこに掛けられた打刀《うちがたな》の一本に、佐助は目を奪《うば》われていた。黒光りする漆《うるし》の鞘《さや》に納められた一刀だ。神々《こうごう》しいというか、禍々《まがまが》しいというか、どこか普通ではない雰囲気《ふんいき》を放っている。

佐助はその打刀を手に取り、おもむろに鞘《さや》から引き抜いた。

刀身を目にした瞬間《しゅんかん》、佐助は思わず「あっ」と息をのんだ。

研《と》ぎ澄《す》まされた鋼《はがね》が、宝石のようにまばゆい光を放っている。整った刃紋《はもん》は、見ていると吸い込まれそうなほどに美しい。

「よくわからねえが、こいつはとんでもないお宝だな」

佐助はごくりと息をのんだ。やはり自分の勘《かん》は間違いではなかった。この刀にはきっと、すごい値打ちがつくだろう。きっと、何年も遊んで暮らせるくらいの——。

そんなことを考えていると、急に背後から鋭《するど》い声が響《ひび》いた。

「賊《ぞく》め！　そこを動くな！」

佐助がぎょっとして背後を振り向くと、蔵の戸口に、少年がひとり立っていた。

佐助と同じ年ごろだろうか。線が細く、か弱な印象である。

しかし、異様な迫力《はくりょく》があった。その眼光は、刃物のように鋭い。今の今までまるで気配は感じられなかったのに、いつの間に背後に現れたのだろうか。

「なんだお前。ここの小者（使用人）か？」

佐助が問うと、少年は佐助をキッとにらみつけた。

「俺は霧隠才蔵《きりがくれさいぞう》。お館様《やかた》より、この屋敷の警護《けいご》を任されている」

霧隠才蔵と名乗った少年は、用心深く佐助を観察しているようだった。子どもながら、まるで隙《すき》のない雰囲気だ。なにか武術の心得があるのかもしれない。それなら、屋敷の警護を任されているというのもうなずける。

厄介《やっかい》な相手に出くわしたもんだ——。佐助は内心で舌打ちし、霧隠才蔵へと目を向けた。

「お館様ってのは、ここの殿様のことかい？」

「ここが真田様のお屋敷と知っての狼藉《ろうぜき》か？　小童《こわっぱ》とて容赦《ようしゃ》はせんぞ」

「小童だあ？　それを言うなら、お前だって同じようなもんじゃねえか」

佐助が言い返すと、霧隠才蔵は「うるさい」と眉《まゆ》をひそめた。

「賊《ぞく》には容赦するなと命じられている。今すぐにその刀を棚《たな》に戻《もど》さなければ、痛い目に遭《あ》うことになるぞ」

「痛い目って、どういうことだよ」

こういうことだ！
うお－！

何をしやがる
危ねぇな!
ほう…オレの手裏剣《しゅりけん》を…
かわしてみせるとはな…
ならば!

はぁああああ！
おらおらおらぁ！

疾風《しっぷう》のごとき追撃《ついげき》が、次々と佐助を襲《おそ》う。しかし佐助は一歩も退くことなく、それらを器用にさばいていた。一太刀《ひとたち》、二太刀、三太刀――蔵の中に、刀同士のぶつかる音がこだまする。

一歩間違えれば命を落としかねないやりとりだ。佐助は、才蔵の繰《く》り出《だ》す乱《みだ》れ斬《ぎ》りを防ぐことに全神経を集中させていた。

「しつこいやつだな、この野郎！」

一方、攻めあぐねた才蔵は、むっと眉《まゆ》をひそめた。佐助がすべての攻撃を防ぎきったことに、心底驚《しんそこおどろ》いているようだった。後ろ飛びで佐助から距離を取り、警戒《けいかい》の眼差《まなざ》しを向ける。

「その動き……お前、ただ者じゃないな」

「こう見えても、おいらは物心ついた頃から修業を積んでるからな」

「修業？　お前には師がいるのか」

「ああ、死んだじいさんに鍛《きた》えられた」

佐助は「へへっ」と鼻を鳴らした。

佐助の祖父は、常人とはかけ離れた身体能力を有する人物だった。鳥のような速さで野山を飛び回ったり、闇《やみ》の中を苦もなく動き回ったり。巨大な熊を、短刀ひとつで音も立てずにしとめたこともある。

村の他の大人たちができないことを、祖父は平気でやってのけていた。

幼《おさな》い佐助にとって、そんな祖父は憧《あこが》れの対象だった。物心つくやいなや、「おいらにもその技、教えてくれよ」と頼みこんだのも、無理はない話だろう。

最初こそ「人に教えるものではない」と、渋《しぶ》る祖父だったが、しだいに佐助の熱意に根負けしたようだ。佐助が六つになったあたりから、だんだんと技術の手ほどきをしてくれるようになったのである。

野山を駆《か》け回《まわ》って身体の扱《あつか》い方を学び、野生動物との戦いで武器の使い方を学ぶ。祖父とともに何年も過ごしたことで、佐助もまた祖父のような身のこなしが可能になったのだ。

幼い佐助は知る由《よし》もなかったが、この祖父の用いていた技術こそ、〝忍術〟と呼ばれるものだった。

才蔵は、じっと佐助をにらみつけた。

「祖父の名はなんという？」

「集落じゃ、白雲斎《はくうんさい》とか呼ばれてたな」

その名を聞いた才蔵の反応は意外だった。「まさか」と驚《おどろ》きに目を見開いている。

「白雲斎……戸沢白雲斎《とざわはくうんさい》か!?」

「なんだ、知ってるのか？」

「甲賀流忍術《こうがりゅうにんじゅつ》の達人だ。戸沢白雲斎といえば、この世で並ぶ者は他にいないという伝説の忍《しの》びよ。それがよもや、こんな田舎に隠《かく》れ潜《ひそ》んでいたとは」

才蔵は、まじまじと佐助を見つめている。

「そして、お前がその孫だというのか」

「じいさんが伝説の忍びだとかいう話は、こっちも初耳だったけどな」

佐助は「というか」と、才蔵を見返した。

「才蔵とか言ったな。そういうお前は、いったい何者なんだ？」

「俺も忍びの端《はし》くれだ。お前と同じく甲賀流の血筋《ちすじ》だというのは、奇遇《きぐう》なことだが」

甲賀流とは、近江国甲賀《おうみのくにこうが》（現在の滋賀県甲賀市）に伝わる忍術流派である。伊賀流と双璧《そうへき》をなす、日本でもっとも有名な流派のひとつだ。

才蔵の父親もまたその甲賀出身の忍者らしい。幼《おさな》い才蔵を連れ、仕えるべき主君を探して諸国を放浪《ほうろう》していたという。

「俺の父は江戸に赴《おもむ》き、徳川家への奉公《ほうこう》を願い出た。だが、その場で首をはねられてしまった」

「なんだそりゃ。いったいどうして」

「俺の父は、家康暗殺を目論《もくろ》む間者《かんじゃ》だとの疑いをかけられたんだ。当然、事実無根だがな」

徳川家康の用心深さについては、佐助も聞いたことがあった。なんでも、若い頃から何度も命を脅《おびや》かされてきたせいで、ことさらに疑り深いのだと。

才蔵の父も、その家康の疑り深さのせいで命を落としてしまったのだろう。無実の罪を着せられた挙句《あげく》に殺されるとは、気《き》の毒《どく》な話だと思う。

「いろいろ大変だったんだな、お前も」

才蔵は「ふん」と鼻を鳴らした。

「コソ泥《どろ》に同情されるいわれはない」

「だって、親父さんが殺されたんだろ？　つらいとか、寂《さび》しいとかはないのか？」

「父は生前、俺に忍術を手ほどきしてくれた。それだけで十分だ。その忍術で、俺は今こうしてお館様のお役に立つことができるのだからな」

才蔵は、手にした脇差《わきざし》の切っ先を佐助へと向けた。鋭《するど》い殺気をぶつけてくる。

佐助は、「おいおい」と肩をすくめる。

「よくわからんが、おいらとお前は似《に》た者《もの》同士なんだろ？　そのよしみで、ここは見逃《みのが》してくれよ」

「そうはいかない。賊《ぞく》をみすみす見逃すなど、あまりに馬鹿げている。ここでしとめさせてもらうぞ」

そう言いつつ、才蔵は懐《ふところ》に手を差し入れた。取り出したのは、ワラを巻いた竹筒《たけづつ》だった。火薬の匂《にお》いが微《かす》かに香る。おそらくは、ただの竹筒ではないのだろう。

才蔵は、やおらにその竹筒を足元へと叩《たた》きつけた。竹筒が地面に衝突《しょうとつ》した瞬間、筒が弾《はじ》けて中からもうもうと白い煙《けむり》が湧《わ》き出《で》てくる。蔵じゅうが煙に包《つつ》まれるまで、ものの一秒とかからなかった。

「うおっ、なんだこりゃあ!?」

佐助はとっさに口を片腕《かたうで》で覆《おお》った。煙は毒《どく》でこそないようだが、視界をさえぎるには十分なものだった。一寸先すら見えない。才蔵の姿《すがた》は、煙の中で完全に消えてしまっていた。

「これぞ〝霧隠《きりがくれ》〟の真骨頂《しんこっちょう》よ。もはや俺の刃《やいば》を逃れられまい」

白い煙の中で、才蔵の声だけが聞こえてくる。前か後ろか、左か右か——これではどの方向から斬《き》りかかってくるのか、まるでわからない。

才蔵が「終わりだ!」と叫《さけ》ぶ。煙に乗じて、飛び掛かってくるつもりのようだ。

しかし佐助とて、そう簡単に斬られるわけにもいかないのだ。

佐助は打刀を放り捨てると、「よっと!」と、力強く跳躍《ちょうやく》した。蔵の天井までは三間(およそ五メートル半)ほど。佐助はその高さをひと息に飛びあがり、蔵の天井の梁《はり》にしがみついたのである。

「なんだと⁉」

才蔵が驚《おどろ》きの声を上げた。

白い煙が晴れるにつれ、その呆気《あっけ》に取られた顔が明らかになる。才蔵は、まるで天狗《てんぐ》かなにかを見るような驚きの目で、佐助を見上げていた。

「助走も無しに、これだけの高さを跳躍してみせるとは……！」

「このくらい朝飯前だっての」

煙《けむり》さえ晴れれば、怖《こわ》いものはない。佐助はパッと梁《はり》から手を離し、重力に身を任せた。

「今度はこっちの番だ！」

まるで鷹《たか》のごとく頭上から襲《おそ》い掛《か》かる佐助に、真下にいる才蔵が目を丸くした。

さすがの才蔵も、この急降下から逃《のが》れる術はなかったようだ。あえなく佐助の下敷《したじ》きになり、「うぐっ」とくぐもった声を上げた。

佐助はそのまま、倒れた才蔵の身体に馬乗りになった。腕《うで》を足で踏《ふ》みつければ、刀による反撃《はんげき》も不可能だろう。佐助は「へへへ」と笑みを浮かべた。

「どうだ！　形勢逆転だな！」

「くそっ、無茶苦茶な戦い方をする……！　まるで山猿《やまざる》だな」

「お前の煙の術にも驚《おどろ》かされたけどな」

才蔵は面白くなさそうに鼻を鳴らし、佐助をにらみつけた。

「さっさと殺せ。だが、ひとりでは死なん。道連れにしてやる！」

「あ？」

「これは忍《しの》び同士の戦いだ。主の命令を守れなかった忍びは、ただ死すのみ」

才蔵の切れ長の目が、じっと佐助を見上げている。

佐助としては、ただ困惑《こんわく》するばかりである。

「別においらは、お前の命を奪《うば》いたいわけじゃないぞ」

「お前が俺を殺さないのなら、俺がお前を殺すまでだ」

才蔵の目には、強い覚悟《かくご》の色が浮かんでいた。本気でここで佐助と命のやりとりをするつもりのようだ。驚くべき忠誠心《ちゅうせいしん》である。少なくとも、村の同じ年頃の子どもたちの中に、こんな目をする者は他にいなかった。

佐助はただ、なにか金目のものが手に入ればよかったのだ。誰かを殺すつもりはない。だが佐助がこのまま立ち上がり、背を向ければ、才蔵はその瞬間《しゅんかん》に斬《き》りかかってくるだろう。にっちもさっちもいかない状態である。

佐助がどうしていいか迷《まよ》っていると、蔵の戸口に人がやってくる気配がした。

「お館様、あの小童《こわっぱ》です！」

振り向くと、刀を手にした老武士の姿《すがた》があった。もう片方の手で、さきほど佐助が石を当てたはげ頭を、痛そうに押さえている。

佐助は「まずい」と息をのんだ。この場に応援《おうえん》を呼ばれては、さすがに逃《に》げられない。

「そこに直れ、小童《こわっぱ》！　お館様のおなりであるぞ！」

叫《さけ》ぶ老武士の後ろには、額に刀傷のある中年の男の姿があった。

あれが、お館様――この屋敷《やしき》の殿様のようだ。

殿様は「うむ」とうなずき、佐助らのほうに近づいてくる。

「ひとりで武家屋敷に忍びこむとは、なかなか肝《きも》の太い小童だな。嫌いではないぞ」

殿様は、佐助にくたびれた笑みを向けた。

髪《かみ》に白いものが混じりはじめているあたり、年のころは四十前といったところだろうか。背はさほど大きくもなく、どちらかといえば痩《や》せ気味の体格である。武士というよりは、どこか学者や僧侶《そうりょ》を思わせるような柔和《にゅうわ》な雰囲気《ふんいき》があった。

これが本当に、日本一《ひのもといち》の立派な殿様なのだろうか。佐助はふと、まじまじと殿様を見つめ返していた。

「ええと、あんたは」

「私は、この屋敷の主。真田左衛門佐信繁《さなださえもんのすけのぶしげ》。真田幸村《さなだゆきむら》と呼ぶ者も多い」

殿様――真田幸村が佐助に答えると、その背後の老武士が「お館様！」と顔をしかめた。

「小童とはいえ、相手は賊《ぞく》ですぞ！　名乗る必要などありませぬ！　この場で即刻《そっこく》打ち首にして――」

「まあ待て、望月《もちづき》」

真田幸村が、老武士に対して苦笑いを向けた。

「あの才蔵を打ち負かすほどの小童だぞ。まずは話を聞いてみたい」

「で、ですが」

「ここは私に任せてくれ」

幸村が手で制止の姿勢をとると、望月と呼ばれた老武士はしぶしぶ刀を収めた。とりあえず、すぐこの場で殺されるということはないようだ。佐助は少しホッとする。

幸村は、佐助の近くにどっかりと腰《こし》を下ろした。

「才蔵を離してやってくれ」

この状況では、従うほかはない。佐助は言われるままその場から立ち上がり、才蔵の拘束《こうそく》をとくことにする。

才蔵は「くっ」と悔《くや》しげな表情で歯噛《はが》みした。そのまま床に膝《ひざ》をつき、主に対して深々と頭を下げた。

「申し訳ありません、お館様。賊《ぞく》に後れをとってしまいました」

幸村は、「そんなことはない」と笑って首を振った。

「そもそも、私はまだなにも失ってはおらぬ。お前は十分に役目を果たした」

「ありがたきお言葉……。今後も修業に励《はげ》みます」

才蔵が平伏《へいふく》している姿を横目に、佐助は内心「へえ」と感心していた。

この真田幸村という殿様は、家来に対してかなり懐《ふところ》が広いようだ。祖父の言うように、立派な人物だというのは、確かなのかもしれない。

幸村は、「さて、小童」と佐助に目を向けた。

「お前は何者だ？」

「おいらは佐助だ」

「武士ではないな。このあたりの村の子か」

「まあな」

「なにをしに蔵に忍《しの》びこんだ」

「金目のモンをいただくために来た」

佐助はちらりと、さきほど床に投げ捨てた打刀に目を向けた。その刀身は、蔵の入口から差しこむ朝日を受け、美しく輝《かがや》いている。

佐助は内心、はあ、とため息をついていた。

せっかくのお宝に出会えたというのに、この状況ではもはやあきらめざるをえないだろう。今はお宝より、自分の命が失われるかどうかという状況なのである。

幸村は打刀を拾い上げ、「ふむ」とうなずいた。

「お前は、この刀が欲しかったのか？」

「ああ。すげえ金になりそうだったからな」

「目的は金か」

「ああ、じいさんも死んじまって、ひとりで生きていかなきゃならなくなったからな。そのためには、金がいるんだよ」

佐助が応えると、幸村は「なるほど」と、考えにふけるような様子を見せた。刀を鞘《さや》に納め、「これも天命か」とつぶやいた。

「この刀は、名工、村正《むらまさ》作の一振《ひとふ》りだ。世間では、世にも恐《おそ》ろしい妖刀《ようとう》だと言われている」

「妖刀？」

佐助はごくりと息をのんだ。刀にはさほど詳《くわ》しくない佐助であっても、ひと目見ただけでこの刀の不気味な美しさを理解できたくらいだ。妖刀だというのなら、それも納得である。

「なにも知らないのだな、この山猿《やまざる》は」

才蔵が頭を上げ、佐助をちらりとにらみつけた。

「村正は、徳川家康やその一族に対して不幸をもたらしたといういわくがある。ゆえに、徳川家と敵対する我らにとっては、村正とは守り刀のようなものなのだ」

佐助は、ふうんとうなずいた。幸村の痩《や》せた頬《ほお》を、まじまじと見つめる。

「徳川家と敵対ねえ。よくわからんが、あんたは昔、徳川に負けたんだろ？　それで、こんな田舎《いなか》に流されてきたと。それなのに、まだ徳川と戦うつもりなのか？」

佐助の言いように、才蔵は「おい！」と血相《けっそう》を変えた。

「幸村様の前でなにを言う！　この山猿め！」

「才蔵、よい。この佐助の言うことも、また事実だ」

幸村は、ふっと苦々しい笑みを浮かべた。

「たしかに私は敗軍の将だ。関ヶ原では西軍に与《くみ》し、それがゆえにこの九度山での隠居《いんきょ》を命じられている。家来も今はせいぜい、この屋敷《やしき》に住まう数名のみ。戦えるのは、ここにいる才蔵や望月くらいのものよ。全国の諸大名《しょだいみょう》を味方につけつつある徳川家康とは、雲泥《うんでい》の差だ」

「そんなんで、よく徳川と敵対しようと思ったな」

佐助が思ったままをたずねると、幸村は「そうだな」と薄《うす》く笑った。佐助の失礼な物言いも、そう悪くは思っていないらしい。

「それでも、戦わねばならないんだ」

「どうして？」

「守りたいものがあるからな」

幸村の言葉に、佐助は首をかしげた。言っていることがよくわからない。

そもそも、見たところこの殿様は、物腰《ものごし》も柔《やわ》らかく、戦《いくさ》とは無縁《むえん》の人物にも思える。

そんな殿様が、天下で今一番勢いのある徳川家と争わねばならない理由とは、いったいなんなのか。なにを守ろうとしているのだろうか――。それは、まだ十歳そこらの佐助には、想像すらできないことであった。

首をひねる佐助に、幸村は、ふっと意味深な笑みを向けた。

「佐助と言ったな」

「あん？」

「今回の一件は、不問に処《しょ》すとしよう」

「おいらを見逃《みのが》してくれるってことか？　本当にいいのかよ」

驚《おどろ》く佐助に、幸村は「ああ」とうなずいた。そして、そのまま、手にした打刀《うちがたな》を、佐助のほうに差し出してきた。

「ついでだ。この村正は、お前に譲《ゆず》ることにしよう」

予想外の言葉である。佐助は思わず、「ええっ!?」と声を裏返してしまった。

「刀までくれるのか!?」

望月という老武士も、「どういうことです⁉」と目を白黒させている。

「お館様！　賊《ぞく》を見逃がすのみならず、みすみす村正をくれてやるとは……！　なにを考えておられるのですか⁉」

「この刀をこのまま蔵のこやしにしておいたところで、宝の持《も》ち腐《ぐさ》れというものだ。ならば、未来を担《にな》う若者にくれてやったほうが、この国のためにもなるというもの」

「むう……。拙者《せっしゃ》には未来を担う若者というより、ただの悪ガキにしか見えぬのですが」

老武士の望月が、ぎろりと佐助をにらみつけた。

どうせ悪ガキ呼ばわりされることには慣れている。佐助はその視線を無視し、幸村から打刀を受け取った。

「お人よしの殿様だな。おいらなんかを救っても、国のためにはならないと思うぜ？」

「それはどうだろうな。未来はわからぬものだ」

真田幸村は薄《うす》く笑い、その場から立ち上がった。

「さあ、佐助とやら。村正を持って、どこへなりとも行くがいい。お前は自由だ」

佐助は、打刀を手にしたまま呆気《あっけ》に取られていた。この真田幸村という殿様の真意が、よくわからなかったのだ。

佐助など、ただの小童《こわっぱ》、ただの盗人《ぬすっと》である。生かして帰したところで、まったく利益にはならない。それどころか、調子に乗ってまたこの屋敷《やしき》に忍びこむ可能性すらある。

真田幸村の立場からすれば、こんな盗人などいまこの場で始末してしまうのが、もっとも簡単な方法のはずである。

それをわざわざ見逃《みの》がし、そのうえ蔵の宝物まで渡すとは——正気の沙汰《さた》ではない。

だからこそ、佐助は「面白え」と思ってしまった。この殿様が、なにを考えているのか。なにを守ろうとしているのか。佐助の中で、むくむくと興味が湧《わ》きつつあった。

「自由……自由か」

佐助がつぶやくと、真田幸村は「ああ、そうだ」とうなずいた。

「村正を売り、得た金で畑を拓《ひら》くなり、商いを始めるなりするのもよかろう。お前ほどの度《ど》胸《きょう》があれば、どこででも生きていけるだろうな」

「だったら、あんたの家来になるってのも、おいらの自由だよな」

佐助の言葉に、「なに？」と意外そうな声を上げたのは、隣《となり》に座る才蔵である。

「お前のような小童が、幸村様の家来になるだと？」

「だから、小童っていうならお前も同じだろうがよ」

佐助は腕組《うでぐ》みし、強く才蔵をにらみつけた。

「おいらだって、じいさんに鍛《きた》えられたからな。そこそこ戦《いくさ》の役には立てると思うぜ」

その言葉で、才蔵は「むっ」と押《お》し黙《だま》った。さきほど一本取ってみせたことで、佐助の実力はそれなりに理解しているのだろう。それ以上文句を言う様子はないようだった。

佐助は、幸村に向き直り、じっとその目を見つめた。

「死んだじいさんも、あんたが日本一《ひのもといち》の立派な殿様だって言ってた。それがどういう意味なのか。あんたはなにを守ろうとしてるのか……。おいらはそいつを知りたくなったんだよ」

「私が戦う理由、か」

「ああ。あんたの家来になれば、それがわかるだろうからな」

幸村にとっては、佐助の答えがそれほど意外ではなかったのかもしれない。「そうか」とうなずき、佐助に笑みを向けた。

「先ほども言ったとおり、我が真田家は今、猫《ねこ》の手も借りたいような状態だ。お前が手を貸してくれるなら、とてもありがたい」

事態を静観していた望月は、「はあ」と不機嫌《ふきげん》そうにため息をついた。

「お館様のおっしゃることならば、受け入れざるを得ませんな」

才蔵も「むう」と顔をしかめている。

「人手が足りぬのはわかりますが、よりによってこんな山猿《やまざる》を……」

「ふむ……。山猿。山猿か……」

幸村は、いたずらっぽく笑って佐助を見た。

「才蔵をもしのぐ身のこなしのお前には、似合《にあ》いの名だな。佐助よ。そなたはこれから『猿《さる》飛《とび》』を名乗れ」

「猿飛……？　じゃあ、おいらは今日から、猿飛佐助ってことかい？」

「うむ。山猿のごとくたくましく、そして自由であれ。お前の働きに期待している」

こうしてこの日、「猿飛佐助」が誕生した。

真田幸村きっての家来であり、真田十勇士のひとり。霧隠才蔵と並ぶ戦国末期最強の忍術の使い手として、猿飛佐助は、忍びの歴史にその名を刻《きざ》むことになるのである。

第 一 章

猿飛佐助《さるとびさすけ》は、真田丸の櫓《やぐら》の上にいた。

慶長十九年、霜月《しもつき》の四日のことである。佐助が九度山の真田屋敷に村正を盗みに入った日から、すでに十年の月日が流れていた。

南の天王寺の方面から、徳川の軍勢が近づいてくるのが見える。激突《げきとつ》はもはや秒読みだ。あたりに開戦を告げる法螺貝《ほらがい》の音が響《ひび》き渡《わた》り、真田丸《さなだまる》の空気は一気に張《は》り詰《つ》めた。

後の世にいう〝大坂冬の陣《じん》〟――。その戦いの火ぶたが、ついに切って落とされたのだった。

「敵さんのお出ましだな」

佐助は、ひゅうと口笛《くちぶえ》を吹《ふ》いた。

真田丸へと軍を率いて進軍してくるのは、徳川家でも指折りの将、前田利常《まえだとしつね》だった。年の頃は佐助や才蔵同様、二十歳前後だろうか。

身に着けているのは全身黒塗りの甲冑《かっちゅう》。がっちりとした体格に、荒々しい見た目をしている。手にした大槍《おおやり》は、父である猛将《もうしょう》、前田利家《まえだとしいえ》から受《う》け継《つ》いだものだろう。まだ若いながら、身にまとう気迫《きはく》は熟練の将さながらである。

前田利常は勇猛果敢《ゆうもうかかん》に軍勢の先頭に立ち、部下たちに檄《げき》を飛ばしているようだった。

「真田幸村は腑抜《ふぬ》けなり！　しょせんは、こそこそと城にこもるしか能のない男だ！　我ら徳川の精鋭《せいえい》が、戦《いくさ》のなんたるかを教えてくれようぞ！」

前田利常が大槍を振り上げ、家来たちが「うおおお！」と熱い声で応えた。

前田軍の数は、ざっと見積もっただけで一万を超えている。対して、この真田丸を守る兵の数は、おおよそ五千といったところだ。ほぼ倍近い差がある。

「さあ、どうする佐助」

隣《となり》に立つ霧隠才蔵が、ちらりと佐助を見た。

初めて出会った頃よりもだいぶ背は伸びている。まさかこの才蔵と肩《かた》を並べて戦場に立つ日が来ようとは、佐助も十年前にはまるで思わなかったことだ。

「敵は大軍で突撃《とつげき》をしかけ、一気にこちらをつぶす腹積もりだろう。連中の士気は高い。直接このままやりあえば、この真田丸とて危《あや》ういぞ」

「だったら、忍者《おいらたち》の出番ってことだ」

佐助は才蔵に笑みを返し、櫓からひょいと飛び降りた。五間（約九メートル）ほどの高さから軽々飛び降りることなど、〝猿飛《さるとび》〟にとってはわけもないことだった。

佐助は地を蹴《け》り、前田の軍勢めがけて弾丸《だんがん》のように突っ走った。足の速さは折り紙つきだ。並みの兵が、火縄銃《ひなわじゅう》で捉《とら》えられるものではない。

佐助は腰に差した忍び刀――妖刀《ようとう》村正を抜き放ち、立ちはだかる敵兵を次から次へと斬《き》り伏《ふ》せる。その稲妻《いなずま》のごとき太刀《たち》筋《すじ》には、誰ひとり反応できるものではなかった。そのまま、敵軍の先頭に立つ前田利常へとまっすぐに突き進む。

前田利常は、佐助の姿を認めて、にいっと白い歯を見せた。

「ほほう、一騎《いっき》駆《が》けか。腑《ふ》抜《ぬ》けぞろいかと思うたが、骨のある兵もいるということか」

前田利常は馬から飛び下り、「来いっ！」と気合を放った。佐助を迎え撃つべく、槍《やり》を大上段に構えている。

「この前田利常の槍が、貴様を屠《ほふ》ってくれる！」

前田家必殺の大槍が、佐助に向けてブゥンと振り下ろされた。さすがは加賀百万石を築いた槍である。その重い一撃《いちげき》は、まさに空気を割るほどの勢いだった。

しかし佐助にとっては、これをいなすことなど造作もなかった。相手が用いるのは、しょせんただの武家《ぶけ》槍術《そうじゅつ》でしかない。祖父・白雲斎《はくうんさい》や、霧隠才蔵が振るうような忍びの刃に比べ

れば、止まっているも同然なのである。

「残念！　そうはいかねえよ！」

佐助は振り下ろされた大槍《おおやり》を刀で弾《はじ》き、その勢いのまま前田利常の懐《ふところ》へと飛びこんだ。槍のように柄《え》の長い武器は、距離を詰《つ》めてしまえば容易に振り回すことができない。佐助は一瞬《いっしゅん》の隙《すき》をつき、敵の死角へともぐりこんだのである。

そのまま村正を力任せに振るい、大槍の柄《え》を叩《たた》き切《き》った。

得物を破壊され、前田利常が、「ぬうっ」と表情をしかめた。折れた大槍を即座に放り捨て、腰《こし》の刀に手をかけている。

「貴様、その身のこなし。ただの雑兵ではないな」

「おうよ。真田十勇士のひとり、猿飛佐助とはおいらのことだぜ」

「猿飛佐助だと？　真田家に、そのような名の凄腕《すごうで》の忍びがいるとは聞いていたが……。よもや貴様だったとは！」

「加賀の大名様の相手としちゃ、小者かい？」

「いいや。相手にとって不足なし。その首、家康様に献上《けんじょう》させてもらおう」

前田利常は刀を抜き放ち、「きえええい！」と一喝《いっかつ》。佐助へと斬《き》りかかった。

並みの武士であれば、その気合いだけでひるんでしまうところだろう。だが、佐助はまるで動じなかった。この程度の使い手など、十勇士に比べれば足元にも及《およ》ばない。

佐助は、大振りに振られた刀を最小限の動きでかわしてみせた。そのまま前田利常の顎先《あごさき》に向け、「せいっ」と勢いをつけた拳打《けんだ》を放つ。

顎先は人体の急所のひとつである。拳の一撃《いちげき》は脳を揺《ゆ》さぶり、時として刀や槍よりも素早く効果的に相手を倒すことができるのだ。

前田利家は「ぐふっ」と白目をむき、そのまま背後に倒れてしまった。完全に伸びてしまっている。狙《ねら》い通《どお》りだ。

佐助は「ふう」と息をつき、倒れた前田利常に目を向けた。

「悪いけど、あんたにはここでしばらく寝ていてもらうぜ」

大将が呆気《あっけ》なく倒されてしまったことで、敵軍に動揺《どうよう》が走った。前田軍の兵たちは、ぎょっとして互《たが》いの顔を見合わせている。

「利常様がやられた！」

「あの忍びは何者だ⁉」

このまま佐助が前田利常の首を取ってしまうのは簡単なことだ。だが、今回の戦略《せんりゃく》はそういうものではない。一万の大軍を相手にするなら、もっと効果的な戦い方がある。

佐助はふうっと息をつき、背後に向けて叫《さけ》んだ。

「才蔵、今だ！」

「任せろ」

すぐ背後から、才蔵の声が返ってくる。

才蔵が佐助の後ろを走っていたことは、この戦場の誰も気がついていないだろう。

そもそも、今しがた佐助が忍者らしからぬ大立ち回りを演じてみせたのは、この才蔵に注目させないためだったのである。

才蔵は、背中に大きな籠《かご》を背負っていた。籠の中には陶器製《とうきせい》の丸い球体が、ぎっしりと詰《つ》まっている。才蔵が手ずから作り上げた忍具《にんぐ》だった。

「俺の〝霧隠〟を、とくと味わうがいい」

才蔵は籠から球体をいくつかつかみ取ると、それを四方八方に放り投げ始めた。球体が地面や敵兵の身体にぶつかって弾《はじ》け、中から白い煙《けむり》がもうもうと湧《わ》き出《で》てくる。

才蔵の十八番、煙玉である。煙の効力はこの十年でさらに改良され、真田丸の付近一帯をすっぽりと覆《おお》ってしまうほどの煙を発生させることが可能になっていた。まさに文字通りの〝霧隠〟というわけである。

前田軍の兵たちは「なんだこれは!」「なにも見えない!」と悲鳴を上げている。すっかり右往左往《うおうさおう》してしまい、もはや戦闘《せんとう》どころではなくなってしまった様子だった。

才蔵は煙玉を放り投げつつ、ふっと薄《うす》い笑みを浮かべた。

「ここまではまず成功だな」

「ああ。ここからが本番だぜ」

佐助が、ちらりと真田丸の方に目を向けた。

白い霧《きり》の向こうで、門が音を立てて開いたのが見える。曲輪《くるわ》の中央では、赤備《あかぞな》えの鎧《よろい》に身を包んだ勇士たちが、雄《お》たけびを上げている姿《すがた》が見える。

元大盗賊《とうぞく》の鎖鎌《くさりがま》使《づか》い
由《ゆ》利《り》鎌《かま》之《の》介《すけ》
大《おお》薙刀《なぎなた》を極めた若武者
穴《あな》山《やま》小《こ》助《すけ》

金棒使いの兄
三《み》好《よし》清《せい》海《かい》入《にゅう》道《どう》
錫杖《しゃくじょう》使いの弟
三《み》好《よし》伊《い》佐《さ》入《にゅう》道《どう》

真田家最《さい》古《こ》参《さん》の槍《やり》使《つか》い
望《もち》月《づき》六《ろく》郎《ろう》
百発百中の火《ひ》縄《なわ》銃《じゅう》使《づか》い
筧《かけい》十《じゅう》蔵《ぞう》

日本一を目指す芸達者
根《ね》津《づ》甚《じん》八《ぱち》
真田家きっての知恵者
海《うん》野《の》六《ろく》郎《ろう》

日本一《ひのもといち》の兵《つわもの》
真田幸村
ゆくぞ！当代最強の十勇士たちよ！
我らの守るべき義《ぎ》の心で徳川を滅《ほろ》ぼすのだ！

おおおっ！
猿飛佐助
霧《きり》隠《がくれ》才《さい》蔵《ぞう》

幸村とともに、真田家の勇士たちが戦場になだれこんでくる。

頼れる仲間たちの姿に、佐助はほっと胸をなでおろした。

彼らの実力は、よくわかっている。なにしろ、あの勇士たちをこの戦場に導いたのは、他でもない佐助と才蔵だったからだ。

「しかしあの時は、こんな面白え連中が集まるとは思ってなかったぜ」

佐助が笑うと、才蔵は「そうだな」とうなずいた。

「幸村様に命じられた使命を、無事に果たせてよかった。あとは彼らとともに、徳川の連中を蹴散《けち》らすのみ」

才蔵は空になった背中の籠《かご》を投げ捨て、腰《こし》の刀を抜《ぬ》き放《はな》った。

そう。才蔵の言う通り、戦いはこれからが本番だ。幸村や十勇士たちと力を合わせ、この戦場を生き残ることこそ、自分たちの最大の目標なのだから。

佐助の胸には、数年前、幸村に告げられた言葉が甦《よみがえ》っていた。

＊＊＊

それは、猿飛佐助が真田幸村の家来となって八度目の春のことだった。

少し陽気も暖《あたた》かくなり、九度山の桜が一斉に花開いた頃である。真田家の屋敷《やしき》にも、鶯《うぐいす》の穏《おだ》やかな声が響《ひび》いていた。

真田家で八年の月日を過ごし、佐助もいくぶん大人びた顔つきになっていた。だが、やんちゃ小僧《こぞう》の性分は変わらなかった。実際、この当時の佐助の関心事といえば、「いかにあの霧隠才蔵よりもうまく術を使いこなせるか」ということくらいのものだった。

その日も佐助は屋敷近くの森の中で、才蔵との忍術稽古《にんじゅつけいこ》に勤《いそ》しんでいたのである。

佐助は精神を研《と》ぎ澄《す》まし、「えいやっ」と手にした棒手裏剣《ぼうしゅりけん》を投げ放った。

目標は、十間（約十八メートル）離れたイチョウの木の幹。投げた棒手裏剣《ぼうしゅりけん》は佐助の狙《ねら》い通《どお》り、イチョウの幹にザクリと突《つ》き刺《さ》さる。

しかし、佐助が狙っていた手ごたえはない。思わず「ああ、くそっ」と舌打《したう》ちしてしまう。

どこからともなく、霧隠才蔵の「ハズレだ」という声が響く。

「惜《お》しかったな。俺が潜《ひそ》んでいたのは、この木の根元だ」

イチョウの真下の地面がモコモコと盛り上がり、中から才蔵が現れた。落ち葉と土で汚《よご》れた顔が、にやりと笑っている。

「土遁《どとん》の術を見破れぬとは、まだまだ甘《あま》いぞ。佐助」

「まったく、悔《くや》しいもんだぜ。今度こそ木の幹に潜んでたと思ってたんだけどなあ」

山の中で互《たが》いに術を駆使《くし》して隠《かく》れ潜《ひそ》み、相手の場所を探し当てる。佐助と才蔵が、このところ行っている修業のひとつである。

才蔵とは八年前、出会ったその日に命のやりとりから始まり、それ以来、同じ主に仕える家来として寝食をともにしてきた。こうして修業することも、珍《めずら》しいことではない。

佐助はイチョウの木へと近づきながら、はあ、とため息をついた。

「ええと、これで十九回連続おいらの負けか？」

「いや、二十回連続だ」

才蔵はふっと笑い、「だが、筋《すじ》は悪くない」と続けた。

「お前はいずれも、微《かす》かな俺の気配に気づいてはいる。ほぼほぼ近くまで探し当てることはできているのだ。ここまで俺を追《お》い詰《つ》められる忍《しの》びは、世の中広しと言えども、そうはいないだろう」

「そう言われりゃあ悪い気はしねえが……。しかし才蔵。おまえそれ、遠まわしに自分が最強の忍びだって言ってるみたいにも聞こえるな」

才蔵は、取《と》り繕《つくろ》いもせず「まあな」と肩《かた》をすくめた。

佐助は「この野郎」と笑いながら、その肩を小突《こづ》いてやる。

「あーあ。これが剣術や組手の勝負なら、おいらもそう簡単には負けないんだが」

「たしかに近距離での立ち合いでは、お前に分《ぶ》があることは認めよう。しかし俺は霧隠。その名の通り、こと隠形術《おんぎょうじゅつ》に関しては誰にも引けをとるつもりはない」

才蔵が、得意げに鼻を鳴らした。

普段は大人びて見えるこの才蔵も、佐助と張り合うときには年相応の子どもっぽい表情を見せる。自尊心が強く、意外に負けず嫌《ぎら》いなのだ。同じく負けず嫌いな佐助からすれば、良き好敵手《こうてきしゅ》であると言える。

佐助は「はいはい」と肩をすくめてみせた。

「でも隠形術《おんぎょうじゅつ》なあ……。それって結局、逃げたり隠れたりしながら戦う術だろ。なんか小ずるい感じがして、おいらは好きになれねえんだよなあ」

佐助のぼやきに、才蔵は「なにを言っている」と顔をしかめた。

「そもそも忍者とは、忍ぶ者——つまり隠形術の達人を指す。小ずるいとはなんだ」

「男なら、正々堂々戦ってこそだろ。幸村様だっていつも、『武士は義の心を重んじるべきだ』って言ってるしな」

「俺たちは武士である前に、忍びだ」

「いや、忍びである前に、武士だ」

そうして、いつものように言い合いが始まってしまう。こうなったら平行線だ。口論の決着は絶対につかない。

とはいえ、佐助にとってはこういう才蔵とのやりとりも嫌《きら》いではなかった。なにせ同じ年ごろで、同じく忍びの術を学んだ者同士なのである。

同じ目線で同じものを見て、互いに言いたいことを言い合う。そういう対等な関係というのは、なかなかに心地いい。

少なくとも佐助は、才蔵をいい相棒《あいぼう》だと思っている。

「いつか絶対、おまえの隠形術を見破ってやるからな。そんで、おいらが日本一《ひのもといち》の忍びだって、お前に認めさせてやる」

才蔵も「それはこっちの台詞《せりふ》だな」と不敵な笑みを返した。

「日本一《ひのもといち》の忍びはこの俺だ。いつかお前とは、きっちり勝負をつけてやる」

「言ったな、この野郎」

佐助がそう笑い返すと、森の外から「おおい！」と呼ぶ声が聞こえた。

「佐助！　才蔵！　お館様がお呼びじゃぞ！　大事な話があるとのことじゃ！　早う屋敷《やしき》に戻《もど》ってまいれ！」

老武士、望月六郎の声である。

大事な話とはいったいなんなのだろうか。佐助は、才蔵と顔を見合わせていた。

主の書斎《しょさい》に参上した佐助と才蔵は、そこで驚《おどろ》くべき話を聞かされることになった。

真田幸村は、佐助と才蔵にある密命《みつめい》を下したのである。

「全国をめぐり、十人の勇士を集めてほしい。これを、お前たちに任せたい」

「十人の勇士？」

首をかしげる佐助に、幸村は「そうだ」と大きくうなずいた。

「さしずめ、真田十勇士といったところか」

真田十勇士。その名を、佐助は口の中で何度か繰《く》り返《かえ》す。

「なんだか格好いい響《ひび》きだな、そりゃあ」

「そうだろう?」

幸村はどこか子どものように、にやりと口元を吊《つ》り上《あ》げてみせた。

「真田十勇士は、ただの武士の集まりではない。武芸や軍略《ぐんりゃく》など、戦《いくさ》の才に秀《ひい》でた兵《へい》たちの集団だ。その十人で戦《いくさ》の局面をひっくり返せるような……。お前たちには、そんな圧倒的《あっとうてき》な勇士たちを探してもらいたい」

「なるほど。幸村様は少数精鋭《せいえい》をもって戦《いくさ》に臨《のぞ》むおつもりなのですね」

才蔵の問いに、幸村は「うむ」と答えた。

「ひとりの豪傑《ごうけつ》は、千人の雑兵《ぞうひょう》をもしのぐというだろう。数で劣《おと》る我らにとって必要なのは、一騎当千《いっきとうせん》の豪傑なのだ」

「真田家には人が足りないって前から言ってたもんな。たしかに、強い味方が増えるのはいいことだとは思うぜ」

佐助は、腕組《うでぐ》みしつつ幸村の顔を見上げた。

「でも、どうしておいらたちなんかに仲間集めをさせるんだ？　大事な仕事なんだろ？」

「その理由はいくつかあるが」

幸村は、真面目な顔で続けた。

「お前たちふたりは、この八年で素晴らしい忍びに成長した。豊臣方の武将の家臣の中でも、もはや指折りの手練《てだ》れと言っていいだろう」

隣の才蔵が、「ありがたきお言葉です」と丁寧《ていねい》に頭を下げた。それを見て佐助も、あわてて頭を下げる。

幸村はふっと小さく笑って、「かしこまらずともよい」と手を振る。

「術も身のこなしも、お前たちの右に出る忍びはそうそういない。全国の勇士を探させるには、もってこいの人選だと思っている」

幸村は「それから、これが一番大きい理由だが」と続けた。

「私はお前たちふたりを、大事な家族だと思っているからな」

「家族？」

佐助は、ぽかんと口を開いてしまった。

幸村は、しみじみと目を細めている。

「この屋敷《やしき》にお前たちが来て八年、ともに畑を耕し、鍛錬《たんれん》をし、同じ釜《かま》の飯を食べてきた。お前たちは私にとって、もはや息子のようなものだ」

実の息子の、大介《だいすけ》同様にな――と幸村は言う。

「息子……」

佐助は胸に、じんわりと暖《あたた》かいものが広がるのを感じた。

もともと祖父に育てられた佐助は、実の親の顔を知らない。親がいるとはどういう気分なのか。そういうことで悩《なや》んだ時期もあった。

幸村みたいな立派な大人が、自分の本当の親だったらどんなにいいか――そう思っていたことすらあったのだ。

だから佐助は幸村に「息子」と呼ばれたことが、どうしようもなく嬉《うれ》しかったのである。

「ともに戦う勇士も、また家族と呼べるだろう。家族を迎《むか》えるのなら、息子たちの目で判断してもらうべきだ。私はそう考えている」

幸村の言葉にくすぐったさを覚え、佐助は「へへへ」と鼻の下を掻《か》いた。

「そうまで言ってもらえるなら、おいらも腕《うで》まくりしちまうな」

「俺も、同じ気持ちです」

才蔵が、幸村の顔を見上げた。

「このところ、徳川と豊臣との間で開戦の機運が高まっていますからね。俺たちが動くにはよい時期かと」

「そうなのか？」

佐助が首をかしげると、才蔵は「おい」と佐助をにらみつけた。

「なにも知らないのかお前は……。忍びの基本は情報集めだ。おまえもその端《はし》くれであれば、常に諸国《しょこく》の情勢くらい把握《はあく》しておくのが常識だろう」

「そうは言ってもなあ。そもそも、おいらはこの山を出たことすらないんだ。幸村様がなんで徳川家と敵対してるのかも、実はよくわかってねえし」

佐助が頭を掻《か》きながら答えると、才蔵は呆《あき》れたように「あのなあ」と顔をしかめた。

一方、当の幸村は、「ははは」と優しげに目を細めている。

「そういうところは実に佐助らしいな。下手に知ったかぶりをせず、素直なのもよい」

幸村は「よし」とうなずいた。

「ではまず、我々が置かれている状況を簡単に説明しておいてやろう。そもそもこの私、真田幸村が、豊臣家《とよとみけ》の家臣《かしん》であることは知っているな」

「まあ、そのくらいは」

「ならば、話はそう難しいものではない」

幸村はふっと息をつき、佐助に向かって座り直した。

幸村によれば、徳川家と豊臣家との間には、十数年前からの因縁《いんねん》があるらしい。

かつて日本は天下人、豊臣秀吉《とよとみひでよし》の手によりひとつに統一されていた。日本の政治の中心は豊臣家だったのである。

しかしその状況は秀吉の死後、大きく変わってしまった。関ケ原の戦いをきっかけに、豊臣の臣下であったはずの徳川家康の力が増大し、強い権力を握《にぎ》るようになったのである。

家康は朝廷から将軍《しょうぐん》の位を賜《たまわ》り、江戸に幕府を開いた。将軍とはつまり、全国の武家を統《す》べる立場である。幕府を開いたことで、徳川家康の有する力は豊臣家を越えたと言っても過言ではない。

対して大坂では秀吉の子、豊臣秀頼《とよとみひでより》が関白の地位を受《う》け継《つ》いでいた。だが秀頼は当時まだ年若く、求心力は家康に大きく劣《おと》っていた。多くの大名たちも徳川家に従うようになってしまったのである。

徳川家はその後、豊臣家の力を奪《うば》い、完全な支配体制を作るために、様々な工作を行ってきた。各地の大名たちに命じて城を築かせ軍備を増強したり、英国から最新式の武器を輸入したりしている。

話を聞きながら、佐助は「ふうん」と相づちを打った。

「徳川家康ってのは、とにかく天下を欲しがってるわけか」

「もともと家康は、織田信長《おだのぶなが》や豊臣秀吉の下につきながら、いずれは自分が天下を取る機会をうかがってきた。豊臣を打ち倒そうとしているのは、誰の目にも明らかだったよ」

幸村が、しみじみとうなずく。

佐助はふと、疑問に思ったことを聞いてみることにした。

「幸村様は、家康と同じことを思わなかったのかい？　豊臣家やら徳川家を打ち負かして、自分が天下を取ろうってさ」

幸村は一瞬《いっしゅん》きょとん、と目を丸くした。佐助の問いが意外だったのかもしれない。

ややあって幸村は、「そうだなあ」と柔《やわ》らかく笑ってみせた。

「思わなかった……といえば嘘《うそ》になる。戦国の世に生まれた以上は、誰であれ大志を抱《いだ》くものだ。私にも、父や兄とともに真田家を盛り立て、天下にその名を轟《とどろ》かせてみたいと思っていた頃がある」

「だったらどうして」

「それよりも、守りたいものがあったというだけの話だ」

守りたいもの。佐助がこの屋敷《やしき》に来たときにも、幸村が言っていた言葉である。

この殿様が、なにを守ろうとしているのか。そもそも佐助は当初、それを知りたいがために幸村の家来に加わったのだ。

佐助は八年の歳月《さいげつ》を真田屋敷《やしき》で過ごし、その答えを自分なりになんとなくつかみかけてきたと思っている。

「やっぱり幸村様は、世話になった豊臣家への義理を大事にしてるってことか。一度仕えた以上は、その義理を安易に裏切るわけにはいかない、と」

「そうだな。まあ、その理由は大きい」

幸村は、遠い目を浮かべた。過去を懐《なつ》かしむような面持ちである。

「亡き秀吉様には恩義《おんぎ》がある。年若い秀頼様をお守りすることこそ、豊臣の家臣としての役目。家康が豊臣に弓を引くつもりならば、私も全力をもって戦わねばならぬ」

「徳川家康も、幸村様のその覚悟《かくご》を恐《おそ》れているのでしょう」

それまで黙《だま》っていた才蔵が、静かに口を開いた。

「なにせ幸村様とそのお父上の昌行《まさゆき》様は、関ヶ原の戦いの折、上田城にて徳川家を特に苦しめた存在ですから。現状、徳川家にとっては最大の敵だとみなされているはず」

「そんなに危険だと思われてるのか」

首をかしげる佐助に、才蔵は「そうだ」とうなずいた。

「危険だと思われているからこそ、幸村様はこんな九度山のような僻地《へきち》に追いやられている。家康の監視下《かんしか》に置かれ、大っぴらに家来を集めることさえ禁じられているのだ」

「なるほど……それで幸村様は、おいらたちに腕《うで》の立つ勇士を集めさせようとしてるわけか。おいらたちがコッソリ動けば、徳川にもバレないだろうしな」

幸村は、「そのとおり」と満足げに言う。

「お前たちふたりの力はよくわかっている。必ずや、使命を果たしてくれることだろう。もう、さほど時間は残されていないのだ」

幸村の真剣な面持ちに、佐助は「ん？」と首をかしげた。

「時間が残されていない、ってのは？」

「つい先日、家康は京の二条城《にじょうじょう》にて、秀頼様に会見を申し入れたそうだ。会見自体は、互いの健康や天下の泰平《たいへい》を祝い、平和に終わったと聞いている」

「会見が平和に終わったんなら、そりゃあ良かった——で済む話だよな。そうじゃないってことなのか？」

幸村は「そうだ」とうなずき、才蔵へと目を向けた。

「才蔵、お前は先日の二条城会見をどう見る」

「俺には、家康による敵情視察かと思われました。大坂方にどれだけの兵力があるのか。付近にどんな砦《とりで》が築かれているのか。元服を迎えられたばかりの秀頼様が、どんな将に成長したのか。これらを判断するための会見だったのでしょう」

よどみなく答える才蔵に、幸村は「さすがだな」とうなずいた。

「才蔵は、世情をよく理解している。忍びとしては、実に頼りになる才覚を持っているな」

幸村に褒《ほ》められ、才蔵は「もったいないお言葉です」と頭を下げた。それからチラリと佐助のほうを見て、「ふっ」と勝《か》ち誇《ほこ》ったように口元を歪《ゆが》めてみせる。

――調子に乗ってるな。

才蔵は隠密《おんみつ》の術だけでなく、こうした知識や情報の分析力という面でも、佐助の数歩先を行っている。正直に言えば、少し悔《くや》しい。

幸村が、険《けわ》しい顔で続けた。

「私も、才蔵と同じように考えている。徳川家康はごく近いうちに、大坂を攻《せ》めてくるだろう。おそらくは、二年と経たぬうちにな」

「二年……。たしかにあまり時間はありませんね。それまでに、勇士たちを集めねば」

才蔵が、神妙《しんみょう》な表情で相づちを打った。

「とはいえ、一騎当千《いっきとうせん》の勇士などそんなに簡単に見つかるものでしょうか。しかもその勇士を十人集めなければならないというのは、なかなかに難しいことかと」

「それはまあ、なんとかなるだろ」

佐助が脇《わき》から口を挟《はさ》むと、才蔵は不思議そうに首をかしげた。

「なにか、あてがあるのか」

「少なくともその真田十勇士のうち、ふたりはもうここにいるわけだからな」

「ふたり？」

「おいらと才蔵だ。これまでお互い、とことん修練に励《はげ》んできたんだ。戦場《いくさば》でも、そんじょそこらの武士どもには負けねえ自信があるだろ？」

「それはまあ、そうだが……」

才蔵は、どこか腑《ふ》に落ちないというような顔を浮かべていた。

その一方で、幸村が満足そうな表情で、「うむ」とうなずいている。

「佐助の言う通りだ。もともとお前たちふたりは、最初から勇士として勘定《かんじょう》に入っている。来たる徳川家との決戦でも、このまま力を貸して欲しい」

「もちろん俺も、できるかぎりの力を尽《つ》くしたいとは考えていますが」
才蔵が、険《けわ》しい顔で続けた。
「俺も佐助も、しょせんは忍びの者です。忍びとは本来、影《かげ》に生きる者。それが、勇士など
と名乗ることが許されるのでしょうか」
幸村は「ははは」と優しい笑みを浮かべた。
「才蔵は、そんなことを気にしていたのか」
「はい。忍びの生業は、潜入《せんにゅう》や暗殺、諜報《ちょうほう》などの陰《かげ》の仕事です。そんな裏の人間を勇士とし
て前に出してしまったら、日本一《ひのもといち》と呼ばれる幸村様のお名前にも傷がつくのではないかと」
「戦で命をかけるのなら、そこに表も裏もないだろう。先ほど言っただろう。お前たちは息
子のようなものだと」
幸村は「それに」と続けた。
「これはあくまで噂《うわさ》だが、徳川家康の背後には、熟練の伊賀者がついていると聞く。敵も戦
に忍びを使うのであれば、こちらも同様に対抗せねばならない」
伊賀者については、佐助も以前、才蔵から聞いたことがあった。佐助らの使う甲賀流の忍

術とはまた別に、伊賀流という術を使う忍びの集団がある。それが伊賀者だ。

甲賀者と伊賀者では、扱う忍具や術が異なるだけではなく、その忍びとしての在《あ》り方《かた》も大きく異《こと》にしているという。

甲賀者が一人の主君に忠誠《ちゅうせい》を誓《ちか》って動くのに対し、伊賀者は、基本的に特定の主を持たない。様々な依頼人からその都度金子《きんす》で依頼を受け、個人の判断で動く。

伊賀者には、人の情がない――というのが才蔵の言いようだった。義理人情や名誉《めいよ》のためではなく、連中はただ金のためにどんな非道なことでもやってのけるのだ、と。

そんな連中、なるべく敵に回したくはない。伊賀者の話を聞いたとき、佐助はそう感じたのを覚えている。

「服部半蔵《はっとりはんぞう》という伊賀者を知っているか」

幸村の言葉に、才蔵がピクリと眉《まゆ》をひそめた。どうやら、心当たりがあるらしい。

「服部半蔵……。伊賀者の頭領が代々名乗る名だと聞いております。その術の冴《さ》えはまさに鬼神《きしん》のごとく、姉川《あねがわ》や三方ヶ原《みかたがはら》の合戦では、単独で数千の敵兵を血祭りにあげたとか」

佐助は「ふうん」と腕組《うでぐ》みをする。

「そんなやつがいるのか……。もしかしてその服部半蔵ってのが、徳川についてるってことか？」

「かもしれぬ、というところだがな」

幸村が、真面目な顔でうなずいた。

「佐助。才蔵。だからこそ、お前たちの力が必要なのだ。お前たちは、私の知る限りもっとも優秀な忍びだからな。服部半蔵と戦える者は、他にはおらぬ」

「俺たちが、服部半蔵の相手を……？」

才蔵が、ごくりと息をのんだ。

「案ずることはない。この八年でお前たちがどれだけ実力をつけてきたのかは、私もよくわかっているつもりだ」

幸村にそう言われ、佐助は胸の奥が暖《あたた》かくなるのを感じていた。幸村は、佐助にとって父親にも等しい存在だ。そんな幸村が自分の頑張《がんば》りを認めてくれるのは、素直に嬉《うれ》しい。

才蔵が「そういうことでしたら」と小さく頭を下げた。

「謹《つつし》んで、勇士の名を拝命《はいめい》いたします」

「おう。おいらも同じだ。服部半蔵だかなんだか知らねえが、修業の成果、たっぷり見せつけてやるぜ」

佐助は「へへっ」と、鼻の頭を掻《か》いた。

「それじゃあ、おいらと才蔵の他に、あと八人の勇士を探せばいいってことだな」

「うむ。残りの勇士探しは、お前たちの働きに頼るしかない。私が手を貸せないのは歯がゆいが――」

幸村が申し訳なさそうに告げようとしたとき、佐助の背後で、書斎《しょさい》の戸がガラリと引きあけられた。

「お館様、ご無礼つかまつります」

現れたのは、望月六郎だった。幸村に向かって深々と頭を下げたあと、顔を上げ、佐助と才蔵の方に向き直った。

「ふすまの裏で話を聞いておった。ふたりとも、心配をするでない。勇士探しなら、某《それがし》が手を貸してやろう」

「望月のじいさんが？」

驚く佐助に、望月は「うむ」と得意げな笑みをみせた。

「かつては某もあちこちの戦場《いくさば》で槍《やり》を振るった身。東西の腕《うで》の立つ武芸者については、そこそこ詳《くわ》しいと自負しておる」

「誰か、心当たりがあるってことか？」

「その通りじゃ」

望月は、自信ありげに、にいっと口の端《はし》を吊《つ》り上《あ》げた。

「たとえばこの九度山のほど近くにも、類《たぐい》まれなる豪傑《ごうけつ》が潜《ひそ》んでいるのを知っておる」

「本当かよ、じいさん！」

「うむ。かの石田三成《いしだみつなり》の配下として、関ヶ原で勇名を馳《は》せた兄弟武士じゃ。主の死後、兄弟そろって高野山の寺院に出家をしたらしいが、ひそかに武芸の稽古《けいこ》は続けていると聞く」

才蔵が「なるほど」と興味深げにうなずいた。

「石田三成といえば、関ヶ原の戦いにおける敗戦の将……。徳川家康に敗北し、無残にも首をはねられたと聞いている。その石田三成の配下だった武士ならば、徳川家康に対しての恨《うら》みもさぞや深いことだろう」

「そうじゃ。その兄弟武士を味方に引き入れられれば、実に心強いじゃろう？」

「へえ。望月のじいさん、本当に詳《くわ》しいんだな。伊達に年は食ってねえってことか」

望月は「馬鹿にするでない」と、鼻を鳴らした。

この望月の知識があれば、勇士集めもさほど苦ではないのかもしれない。使命の達成に光明が見えてきた気がする。佐助は「よし」と大きくうなずいた。

「その兄弟武士ふたりと、おいらと才蔵。まずは勇士四人が決まったな。あと六人ぐらいなら、なんとかなりそうじゃねえか？」

「いいや、あと五人じゃな」

望月が、にっと笑みを浮かべた。

「当然、某《それがし》も勇士のひとりじゃ。幸村様を守るため、存分に槍《やり》を振《ふ》るおうぞ」

思わず佐助は、「えっ!?」と声を上げてしまった。

才蔵も、びっくりした様子で望月のしわくちゃな顔を見つめている。

「望月殿も、戦場に出られるおつもりなのですか？」

「そうじゃ」

「そのお歳《とし》で？　もう還暦《かんれき》を過ぎて久しいというのに……」

「それを言うなら、あの徳川家康とて同じよ。あの古だぬきめは齢《よわい》七十にして、まだ戦《いくさ》に出ようとしておるじゃろう」

望月は、ぐっと力強く拳《こぶし》を握《にぎ》ってみせた。

「これでも某は、先代の昌行様の頃から真田家の守りについてきたのじゃ。この身に代えても幸村様をお守りすると、昌行様にも誓《ちか》っておる。若いもんにはまだまだ負けんぞ」

佐助も才蔵も、それ以上なにも言うことができなかった。この老武士が一度言い出したら聞かない頑固者《がんこもの》だということを、佐助はよく知っている。

もちろん、幸村もそれは同じだ。長年の付き合いで、望月の熱い思いはよくわかっているのだろう。望月に向けて、「助かる」と笑みを向けた。

「お前のように戦場《いくさば》の経験豊富な兵ならば、皆の心の柱となれるだろう。どうか年若い勇士たちを導いてやってくれ」

望月にとっては、それはよほど嬉しい言葉だったのだろう。目に涙《なみだ》を浮かべ、そのはげた頭を「ははーっ」と床にこすりつけている。

「ありがたき幸せでございます！　この老いぼれ、必ずや、お館様のお役に立ってみせまする！」

幸村は「ああ」とうなずき、それから佐助と才蔵のほうに目を向けた。

「ではふたりとも、勇士集めを頼む。我らの未来は、そなたたちふたりにかかっていると言っても過言ではない」

「ああ、任せてくれよ」

佐助はうなずきつつ、すっくと立ち上がった。

「せっかくだから幸村様も驚《おどろ》くような、すっげえ連中を連れてくるぜ」

「ははは、それは楽しみだ」

幸村が、しっかりとした視線で佐助を見つめた。さきほどの言葉通り、佐助を強く信頼してくれているというのを感じる。誇《ほこ》らしい気分だった。

父親に認められるというのは、案外こういう気分なのかもしれない。

その信頼に応えたい。それがこのときの佐助の原動力だった。

第 二 章

そして現在――。

猿飛佐助と霧隠才蔵が真田幸村の命を受け、二年の月日が流れていた。

幸村の読みどおり、徳川家康は、やはり大坂へと攻《せ》め込《こ》んできた。

開戦のきっかけは、この夏の方広寺鐘銘事件《ほうこうじしょうめいじけん》である。

方広寺とは、秀吉の供養《くよう》の一環《いっかん》として、豊臣家が修復した京の寺院である。この寺院の鐘《かね》には、世の中の平穏を願って「国家安康《こっかあんこう》」「君臣豊楽《くんしんほうらく》」という言葉が刻まれていた。仏門の徒にとってはごく当たり前の、よくある祈《いの》りの文句だ。

だが徳川家康は、鐘に彫《ほ》られたその言葉に難癖《なんくせ》をつけてきたのである。

『国家安康』は家康の名前を分断し呪《のろ》う言葉であり、『君臣豊楽』は豊臣家を君として繁栄《はんえい》を楽しむことを意味している」

つまり家康は、「豊臣は徳川に敵意あり」と解釈《かいしゃく》したわけである。誰が考えても無理やりな解釈だったが、家康にとってはすぐに戦《いくさ》がしかけられるのなら、口実はなんでもよかったのだろう。

ともあれそんな家康の動きは、真田幸村にとってはすでにお見通しだった。

幸村は家康の侵略《しんりゃく》に備えるため、大坂城にてもっとも守りの手薄《てうす》な南側に、防衛のための出城を築いていた。

それこそが、後の世にて戦国最強として知られる出城、〝真田丸〟である。

東西南を守る強固な塀《へい》と堀《ほり》。敵を寄せつけない三重の柵《さく》。戦場を見渡すことのできる小高い狙撃《そげき》用の見張り櫓《やぐら》。真田丸の構造には、真田幸村が上田城の戦いを通じて学んだ籠城戦《ろうじょうせん》の知恵が技術として生かされていた。同時代の出城に比べても格別の防衛性能を有していたと言える。

だが、真田丸が戦国最強の名を誇《ほこ》る理由は、単純にその構造が優れていたからではない。

この真田丸を守る兵たちこそが、まさしく戦国最強の勇士たちだったからである。

慶長十九年、霜月《しもつき》の四日。

佐助と前田利常が斬《き》り結《むす》んだ、大坂冬の陣の戦場である。

佐助は、二年前に幸村により課せられた使命を無事にやり遂《と》げていた。約束通り「すごい連中」を集めることに成功したのだ。

真田丸の眼前に広がる小高い丘、篠山《ささやま》には、十勇士たちの勇壮《ゆうそう》な雄《お》たけびが響《ひび》き渡《わた》った。

さあ来い！徳川の飼《か》い犬《いぬ》ども！
この三好清海入道《みよしせいかいにゅうどう》が貴様らを
地獄《じごく》に送ってくれるわ！

兄者《あにじゃ》には負けんぞ！
さあこの三《み》好《よし》伊《い》佐《さ》入《にゅう》道《どう》にかかってまいれ！
極《ごく》楽《らく》に行きたい者からな！

この三好兄弟は、真田家の老武士、望月六郎が「類《たぐい》まれなる豪傑《ごうけつ》」と評価していたふたりだった。かつての主《あるじ》の死後、高野山の寺に身を寄せていたところを、佐助と才蔵が声をかけたのである。

「我らとともに、徳川と戦おう。石田三成殿の仇《かたき》を討《う》とう」――と。

三好兄弟は、関ヶ原にて討たれた主君を弔《とむら》うために仏門に入ったらしい。自らを「入道」と名乗り、袈裟《けさ》を纏《まと》っているのは、石田三成への敬意を忘れぬようにするつもりだという。

だが、この兄弟が寺で得たものはそれだけではなかった。

この時代、仏門の僧侶《そうりょ》たちは、付近の大名たちの侵略《しんりゃく》を防ぐため、僧兵と呼ばれる武芸者たちを育成していた。

その中でも特に、高野山の僧兵、高野衆は練度が高く有名だった。天正九年(一五八一年)には、あの織田信長の軍を撃退《げきたい》したこともある。

三好兄弟は、この高野衆の技を求めて高野山に入ったのだ。いつの日か自分たちの手で、徳川家康への雪辱《せつじょく》を晴らすために。

兄弟の関ヶ原での恨《うら》みは、相当なものだったのだろう。寺での十数年の厳しい修練は、彼らを凶悪《きょうあく》な復讐鬼《ふくしゅうき》へと変えていたのだった。

「がははははっ！　徳川の犬どもをひねりつぶすのは痛快《つうかい》じゃのう、兄者ぁっ！」

「おうよ、伊佐ぁっ！　やはり我らには寺暮らしよりも、戦場の方が向いておるということじゃなあっ！」

法師姿《ほうしすがた》の巨漢兄弟が、高笑いを浮かべながら互いに得物《えもの》（武器）を振り回していた。兄の振るう金棒《かなぼう》が五人を吹き飛ばす間に、弟の錫杖《しゃくじょう》がもう五人を叩《たた》き潰《つぶ》している。

相対している前田軍の兵たちも、「ひいいいいいっ！」とすっかり顔を青ざめさせてしまっているくらいだ。

三好兄弟は、怒れる仁王のごとく前田軍を蹂躙《じゅうりん》していた。ふたりだけでも、すでに百人近くの敵兵を蹴散《けち》らしている。

彼らが戦場に雪崩《なだ》れ込んでからこちら、まだせいぜい四半刻（約三十分）も経っていないというのに、驚《おどろ》くべき戦果だった。

ふだんは冷静な真田幸村ですら、感嘆のため息《いき》をついている。馬上から三好兄弟の活躍《かつやく》を眺《なが》めつつ、「凄《すさ》まじいものだ」とこぼしていた。

「予想以上の働きぶりだな。お前たちが説得に苦労をかけたというだけのことはある」

佐助と才蔵は、そろって「はい」とうなずいた。

「説得というかあれは、完全に決闘《けっとう》だったけどな」

「ええ、本当に骨が折れました」

佐助と才蔵は、幸村の馬を両側から挟《はさ》むように守りながら、襲《おそ》ってくる敵兵たちの露払《つゆはら》いを行っていた。

視線の先には、獣《けもの》のように暴れる三好兄弟の姿がある。佐助は、彼らを仲間に引き入れたときのことを思い返していた。

「ともに戦おう」と告げたものの、三好兄弟は当初、佐助や才蔵を信頼してはいない様子だった。「うぬら若造どもと肩《かた》を並べて戦うつもりはない。復讐《ふくしゅう》の足手まといだ」と。

だから佐助と才蔵は、三好兄弟に自分たちの力を示さなければならなかったのである。

三好兄弟との闘《たたか》いは、それは激しいものだった。ふたりの忍者とふたりの豪傑《ごうけつ》、それぞれの磨《みが》き上《あ》げた武術が激突《げきとつ》し、寺ひとつが崩落《ほうらく》しそうになったほどだ。

その極限の決闘のおかげで、三好兄弟は佐助らの実力を認めたようだった。ふたりとも真田十勇士の一員として、力を尽《つ》くしてくれると約束してくれたのである。

前田軍の兵たちを弾《はじ》き飛《と》ばしながら、三好清海入道が佐助らの方に視線を向けた。

「幸村様！　我ら兄弟はこれより敵陣《てきじん》に突撃《とつげき》するっ！　先鋒《せんぽう》は任せてくだされいっ！」

幸村は十文字槍《じゅうもんじやり》を構えつつ、「うむ」と大きく首を縦《たて》に振《ふ》った。

「好きに暴れてまいれ！　徳川への恨み、ぞんぶんに果たすがよい！」

三好兄弟は、幸村の返答に気分をよくしたようだ。それぞれ「応《おう》ッ！」と勇《いさ》ましい雄《お》たけびを上げた。

「佐助ぇっ、才蔵ぉっ！　先に行くぞぉっ！」

「この先、うぬらの倒す敵は残っておらぬかもしれぬがなあっ！」

三好伊佐入道も、「がっはっは！」と笑いながら錫杖《しゃくじょう》を振り回していた。前田の兵が、まるで紙細工のようにグシャリ、グシャリと叩《たた》き潰《つぶ》されていく。

前田軍の兵たちが、「ひっ」と息をのむのがわかった。

「な、なんだこの怪物どもは！　真田幸村は、こんなのを子飼《こが》いにしているのか!?」

「ええい、臆《おく》するなっ！　数の上ではこちらが勝っているのだ！　一斉にかかれ！」

足軽頭《あしがるがしら》と思われる兵が、手にした槍を振り上げた。部下を率い、数に任せた突撃《とつげき》をしかけてきたのである。

しかし、それは上手くはいかなかった。

足軽頭が一歩前に踏み出した瞬間《しゅんかん》、戦場に銃《じゅう》の炸裂音《さくれつおん》が響《ひび》き渡《わた》ったのだ。足軽頭の後頭部が、柘榴《ざくろ》のようにぱっと弾《はじ》け飛《と》ぶ。

佐助は、ちらりと背後の真田丸の櫓《やぐら》を見上げた。櫓の上には、編笠姿《あみがさすがた》の壮年《そうねん》の男――筧《かけい》十蔵《じゅうぞう》が、火縄銃《ひなわじゅう》を構えているのが見える。無精ひげを生やしたこの痩《や》せた男は、幽鬼《ゆうき》のように冷たい表情で逃げる兵たちを見下ろしていた。

筧は素早く火縄銃を持ち替えると、すぐさまその引き金を引《ひ》き絞《しぼ》った。無情な銃声が再び響《ひび》き渡《わた》り、前田兵がまたひとり、地面に倒《たお》れ伏《ふ》す。

突撃《とつげき》を試みようとしていた敵の足軽隊は、すっかり動けなくなってしまっていた。

その鮮《あざ》やかな銃技に、佐助は「ひゅう」と口笛を吹いた。

「筧のおっさん！　相変わらずすごい腕前だな！」

筧は佐助にチラリと目くばせを返しただけで、特になにも答えなかった。表情を変えず、さらに次の火縄銃に持《も》ち替《か》え、また別の敵兵の頭を射ち抜く。

この火縄銃の早替えは、筧が編み出した独自の戦術らしい。

火縄銃というものは、それ自体は非常に強力な飛び道具であるのだが、ひとつだけ致命的《ちめいてき》な弱点を有している。

それは、次弾《じだん》の装填《そうてん》に手間がかかるということだ。

まず銃弾《じゅうだん》と火薬を銃口に詰《つ》め、朔杖《さくじょう》を使ってそれを銃口の奥に押しこむ。その後、火皿に火薬を入れ。火縄部分に点火したうえで、敵に向けて構える。いかに熟練の銃兵でも、装填には数分の時間を要してしまうのだ。

かつて長篠の戦いでは、織田信長が、この火縄銃部隊を三列構成にすることでその弱点を埋《う》めていた。

しかし、それはあくまでそれなりの頭数の銃兵を用意できる場合の話だ。戦場において、兵が単独で火縄銃を扱うのは、不可能だとされてきた。

その不可能を覆《くつがえ》したのが、筧の工夫なのである。

筧《かけい》は火縄銃《ひなわじゅう》を複数用意し高速で持ち替えることで、
単独での連続射撃《れんぞくしゃげき》を可能にしているが、
あれは覚悟《かくご》の末に編み出された技だ

あの男はもともと徳川の郎党《ろうとう》に村を焼かれた猟師《りょうし》の生き残りだ
妻子《さいし》も仲間もすべて焼き殺され
たった一人で復讐《ふくしゅう》を果たすためにその技を磨《みが》き上げてきた

孤独《こどく》の闇《やみ》に生きようとする覚悟《かくご》が……
あの技術を生み出したのだろう
ひくな！狙《ねら》い撃《う》ちにされるぞ！
進め、進め！
！
ジャラ
待ちなァ！

てめえの刀、オレ様によこしな！
…って、なんだこれ…
ただのなまくらかよ！

足軽は「うぐっ」とくぐもった声を上げ、その場で絶命した。

まさに達人めいた、鮮《あざ》やかな殺しの手際である。

しかし当の鎌之介《かまのすけ》の顔には不満の色しかなかった。刀に絡《から》まった鎖《くさり》を外しながら、佐助をギロリとにらみつける。

「おい佐助、話が違うぜェ？　戦場ならいい刀が手に入るっつーから来てみたが、ろくなモンが見つからねえじゃねェか」

「まあまあ鎌之介。焦《あせ》ることはねえよ。これだけ敵がいるんだ。いい刀には、これから巡《めぐ》り合《あ》えるかもしれないぞ」

佐助が応えると、鎌之介は「ちっ」と舌打《したう》ちを見せた。

「もしも最後までろくな刀が手に入らなかったら、てめえの村正をいただくからな！」

「そりゃダメだ。これは幸村様にいただいた大事な刀だからな」

「何を言ってやがる。その刀だって、最初はてめえが真田の大将から盗《ぬす》みだそうとしたもんだってのは聞いてるぜ。てめえも俺様も、同じ穴《あな》のムジナだろうが」

鎌之介が、にやりと口元を歪《ゆが》めた。

由利鎌之介は、かつて江戸から三河一帯を荒らしまわっていた野盗団《やとうだん》の首領《しゅりょう》だった。鎖鎌《くさりがま》の達人でもあり、その技で欲しいものはなんでも力づくで手に入れてきた男である。

徳川家の粛清《しゅくせい》によってその野盗団が壊滅《かいめつ》しても、鎌之介のそんな性分は決して変わることはなかった。

好き勝手に奪《うば》い、好き勝手に生きる。品行方正ではないが、単純明快《たんじゅんめいかい》な男だった。佐助も、鎌之介のそういうところは嫌いではなかった。

だから佐助は、鎌之介に告げたのである。戦場なら、徳川家に対する復讐《ふくしゅう》と、刀の強奪《ごうだつ》を同時に行うことができるぞ――と。佐助のそんな誘《さそ》い文句《もんく》に、この鎌之介はすぐに食いついたのだった。

真田幸村は、馬上で槍《やり》を振《ふ》るいながら鎌之介に告げた。

「名刀が欲しければ、戦のあとで何振りだろうといくらでも用意してやる。今は生き残ることを考えろ」

「言ったな、大将」

鎌之介は、にやりとその口の端《はし》を吊《つ》り上《あ》げた。

「それならまあ、もうしばらくはてめえらに付き合ってやるぜ。戦場での盗賊《とうぞく》仕事も、それなりに楽しいからなァ」

鎌之介は、右手の鎖《くさり》をぶんぶんと思いきりよく大きく振り回し、さらに別の敵兵の刀に巻き付かせていた。

そうして無力化した相手の喉《のど》を、左手の鎌で掻《か》き切《き》ってしまう。

その残虐《ざんぎゃく》ともいえる戦い方に、佐助は「やれやれ」と肩《かた》をすくめた。

「相変わらず敵に容赦《ようしゃ》がねえな、鎌之介は」

「手段を選ばぬ戦い方、俺はそう嫌いではないがな」

才蔵もまた付近の敵を斬《き》り伏《ふ》せつつ、表情を変えずに告げた。

「結局戦場《いくさば》では、殺すか殺されるかだ。迷えばこちらが死ぬ。あの男のように割り切っている人間の方が、存外生き残るものだ」

佐助も「そうだな」とうなずいた。逆手に握《にぎ》った村正で、襲《おそ》いかかってきた兵のひとりを返《かえ》り討《う》ちにする。ここは戦場。迷《まよ》いを抱《いだ》いている場合ではない。

だがそれも、長年の修業や、強敵との戦いの経験があるからこそ至《いた》れる境地である。ここが初めての戦場となる若者が、果たして迷いを捨てて戦えるものだろうか。

佐助は、ちらりと背後を見た。

ひとりの青年が、五人の足軽隊を相手取り、「やあっ！」と薙刀《なぎなた》を振るっている。

「穴山小助《あなやまこすけ》、参ります！」

穴山小助は、年若く童顔《どうがん》で、人一倍小柄《こがら》な青年である。だがその手にした薙刀は、刃渡り三尺（約一メートル）、全長六尺半（約二メートル）を超える巨大なもの。小柄な体格に似合《にあ》わぬ巨大《きょだい》な得物《えもの》であった。

相対する敵兵らも、大薙刀を軽々と持ち上げて振るこの青年の姿に、ぎょっと驚《おどろ》いてしまったようだ。

「なんだこの小僧は!?」と呆気《あっけ》にとられ、足を止めて身構えている。

穴山小助は振り上げた大薙刀を、「えいやっ」と勢いよく振り下ろした。薙刀の鋭《するど》い刃《は》に、重量と遠心力が加えられた強力な斬撃《ざんげき》だ。小助の一撃は、敵兵ひとりの頭をその兜《かぶと》ごと叩《たた》き割《わ》ってしまった。

小助は、大薙刀を地に下ろし、「ふう」と額の汗《あせ》をぬぐった。

その屈託《くったく》のない安堵《あんど》の笑みは、戦場には似つかわしくないほど幼《おさな》く見える。

それもそのはず。穴山小助は十八歳。二十歳の佐助や才蔵よりも、二つ年若い。顔つきはまだ少年の青臭《あおくさ》さが抜《ぬ》けきっておらず、体格も仲間内でもっとも華奢《きゃしゃ》で小柄だった。

佐助が、「やるな」と小助に笑みを向けた。

「心配無用だったか。さすがはあの、穴山小兵衛《あなやまこべえ》の息子ってだけのことはあるな」

「いいえ、私などまだまだです」

小助はどこか照れくさそうに首を振った。

「父上からも、くれぐれも皆さんの足を引っ張らないようにしろと言われております。私は、その言いつけを守るだけで精《せい》いっぱいですよ」

穴山小助の父、穴山小兵衛は、かつて武田信玄《たけだしんげん》の元でその名を馳《は》せた薙刀《なぎなた》使いである。

その小兵衛は、真田幸村とも親交があったらしい。幸村も年若い頃には、武田信玄のもとに身を寄せていたと聞いている。幸村は、その小兵衛と馬を並べて戦《いくさ》に赴《おもむ》いたこともあったそうなのだ。

佐助と才蔵は、その縁《えん》を頼ることにした。この穴山小兵衛を十勇士に引き入れるべく、甲斐国《かいのくに》へと向かったのである。

しかし小兵衛は、自身の老いと病とを理由に、十勇士への参加を固辞した。その代わりに、息子である穴山小助を佐助らに引き合わせたのである。

「まだ粗削《あらけず》りながら、この息子には父以上の才覚がある。きっと幸村殿のお役にも立つでしょう」――と。

小兵衛の言う通り、息子の小助には薙刀使いとして並々ならぬ才能があった。

そもそも薙刀は、槍《やり》のように一点を突《つ》き刺《さ》したり叩《たた》いたりという武器ではない。その長柄《ながえ》を生かして振り回し、遠心力を利用して敵を斬《き》ることに特化している。大味な武器だが、それゆえに、扱いを間違えれば味方を巻き込みかねない危険性もある。

だが穴山小助はその薙刀を、実に器用に扱《あつか》ってのけるのだ。

身の丈ほどの長さの大薙刀を軽々と扱い、正確に敵のみを一刀両断する。この真田丸の戦場でも、その才覚はいかんなく発揮されていた。

それそれ！
ガッ
ぐあぁぁ！
それ！
それぇ！

ぎゃああ
ハァ
ハァ
ハァ
ハァ
私など
まだまだ
佐助《さすけ》様！
才蔵《さいぞう》様！
幸村様の
守りは
私に任せて
ください！
お二人は
前線へ！

小助が大薙刀《おおなぎなた》を構え、周囲の敵兵たちをにらみつけた。敵兵たちも小助を警戒《けいかい》しているのか、うかつに前には出られない状況に陥《おちい》っている。

幸村も「うむ」とうなずき、佐助に目を向けた。

「小助が守りについてくれているなら百人力だ。佐助と才蔵は、三好兄弟の後を追い、ともに敵陣《てきじん》へ斬《き》りこめ」

「おいらたちがここを離れて、大丈夫《だいじょうぶ》なのかい？」

「ひとつ策《さく》がある。お前たちは、できるかぎり前線で暴れてくれ」

佐助は「わかった」と幸村に返し、地を蹴《け》って走り出した。総大将に考えがあるというのなら、自分たちはそれを信頼するまで。幸村の護衛は、小助に任せておけば問題ないだろう。

才蔵も佐助の横を走りながら、背後にちらりと目を向けていた。小助は幸村を守るべく、大薙刀《おおなぎなた》を振り回している。

「父親譲りの才能か。血筋とは、存外馬鹿にできないものだな」

「いや、才能だけじゃないと思うぜ。小助がおいらたちに内緒で毎晩鍛錬《たんれん》に励《はげ》んでたのは、お前だって気づいていただろ」

才蔵は「そうだな」とうなずいた。

三好兄弟や筧十蔵をはじめ、真田家に合流した十勇士の面々は、この数ヵ月、ここ真田丸で寝食《しんしょく》をともにしていた。

出自《しゅつじ》も年齢もバラバラな十人が、生活や鍛錬をともにすることで、連帯感を育む。それが目的である。

その数ヵ月の中で、小助の努力は特に凄《すさ》まじいものだった。

十勇士そろっての訓練を終えた後も、ひとり遅くまで薙刀の素振りを行ったり、山での走りこみを行ったりしていたのである。

この小柄《こがら》な青年が、並みの薙刀の倍の重さはあろうかという大薙刀を軽々扱えるのも、そうした努力の賜物《たまもの》であることは間違いない。

「今の小助の姿を見れば、きっとあの小兵衛殿も喜ぶだろうな」

才蔵がどこか、暗い面持ちで告げた。もしかしたら才蔵は、かつて亡くした自分の父親のことを思い出しているのかもしれない。

だから佐助は、努めて明るい声色で返した。

「そりゃあ、お前だって同じだろ。死んだ親父さんが今の才蔵の姿《すがた》を見りゃあ、きっと喜ぶと思うぜ」

「そういうものか」

「なんたって、自分が教えた忍術《にんじゅつ》を、息子が日本一《ひのもといち》の幸村様のために役立ててるわけだからな。父親冥利《みょうり》に尽《つ》きるってやつだろ」

佐助は戦場を走りながら、才蔵に笑いかけた。

しかし才蔵は、険《けわ》しい表情をまるで変えなかった。この話はこれで終わりだとばかりに、

「ふん」と鼻を鳴らしてみせただけである。

「そんなことより佐助。今は敵の動きに気をつけろ。なにやら様子が変だぞ」

才蔵に言われ、はっと周囲を見回してみる。気づけば佐助と才蔵の周りから、敵が徐々に退《しりぞ》いていっているのがわかる。

「ひけっ！　ひけえっ！　命令だぞ！」

前田軍の兵たちは、つい先ほどまで破れかぶれの突撃《とつげき》を繰《く》り返《かえ》していたはずである。それが今ではまるで、蜘蛛《くも》の子を散らすように一斉《いっせい》に自軍の本陣《ほんじん》方面へと戻っていく。いったい

なにがあったというのだろうか。

かつて祖父と一緒に山の中で修業していたとき、ちょうどこういう光景を目にしたことがあった。大嵐が来る少し前、それを察知した山の獣《けもの》たちが、一斉に安全な場所へと隠《かく》れる姿《すがた》である。

一目散に後退する前田軍の兵たちには、あのときの獣たちのような必死さがうかがえる。

これは、なにかが来る。

佐助は本能的に危機感を覚え、ごくりと息をのんだ。

＊＊＊

そして数秒後、佐助の予感は的中する。

ドーン、と耳がつんざくような轟音《ごうおん》が響《ひび》き渡《わた》り、地面が揺《ゆ》れた。

脇《わき》を見れば、佐助や才蔵が立っていたすぐ近くの地面に、大きな窪《くぼ》みが出来ているのがわかる。土や石が吹き飛び、大きくえぐれてしまっているのだ。

佐助は息をのんだ。

「なんだこりゃあ!?」

「気をつけろ！　大砲《たいほう》だ！　上から来るぞ！」

才蔵が叫《さけ》ぶなり、さらに続けて轟音《ごうおん》が響《ひび》き渡《わた》った。

佐助と才蔵は音を聞くなり、反射的に後ろへと飛びのいた。次の瞬間《しゅんかん》、今の今まで立っていた場所に、巨大な金属の玉のようなものが落下するのが見えた。

金属の玉は地面を穿《うが》ち、土砂がはじけ飛んだ。間一髪《かんいっぱつ》で反応できなければ、土砂の代わりに吹《ふ》き飛《と》んでいたのは自分の身体だっただろう。

ようやく、前田軍の兵たちが前線から退避《たいひ》していった理由がわかった。これだけの威力《いりょく》の爆撃《ばくげき》を浴びせられたら、味方ごと巻《ま》き添《ぞ》えになってしまうからだ。

身体能力に優れる佐助と才蔵であっても、空から降りそそぐ砲撃《ほうげき》の雨をかわしながら進むことはできない。どこかに身を潜《ひそ》めるしかない状況だ。

砲撃の音は、さらにドーン、ドーンと矢継《やつ》ぎ早《ばや》に響きわたる。

その音に混じって、老武士、望月の声が戦場に響き渡った。

「佐助、才蔵！　早うこっちに参れ！」

声の方に目を向ければ、望月六郎が岩陰《いわかげ》から顔を出し、手招きをしている姿《すがた》が見える。

佐助は「くそっ」と舌打《したう》ちして、望月の元に急いだ。才蔵とともに、あわてて岩陰に隠れる。ここならば、しばらくは砲撃から身を隠すことができるだろう。

「大丈夫《だいじょうぶ》か、望月のじいさん」

望月は「なんとかな」と大きくため息をついている。

「今のところ、真田丸の付近までは大砲も届《とど》いていないようじゃや。幸村様は、鎌之介や小助らがお守りしておることじゃろう」

「それはよかった」

佐助は、ふうと安堵《あんど》のため息をついた。

「しかしこの大砲、いったいどこから撃ってきてるんだ？　近くに砲台なんて、全然見当たらねえが」

「さあのう。お主らでも見つけられんのか」

才蔵が「ああ」とうなずいた。

「俺たち忍びの目や耳をもってすれば、たとえ半里（約二キロメートル）先の砲台《ほうだい》でも見つけることができる。だが、それが見つからないとなると——」

才蔵が、なにかを考えこむように眉間《みけん》にシワを寄せている。

そのときだった。

徳川の本陣《ほんじん》の方から、「おおい！」と手を振ってやってくる者たちの姿が見える。巨漢がふたり。前線に斬《き》りこもうとしていた三好兄弟だ。

砲弾《ほうだん》の雨あられの中、ふたりは血相《けっそう》を変えて後退してくる。

「ううむ、さすがにこれには敵《かな》わん！」

「気をつけろ兄者！　当たれば死ぬぞ！」

いかに怪力無双《かいりきむそう》の豪傑《ごうけつ》であっても、大砲《たいほう》相手ではどうしようもないようだ。砲撃をかいくぐりながら、ほうほうの体《てい》で戻《もど》ってくる。

佐助と才蔵のもとに合流した三好兄弟は、そろって荒い息を吐《は》いていた。兄の三好清海入道が金棒《かなぼう》を地面に置き、額の汗を拭《ぬぐ》う。

「ふたりは大事ないか？」

「ああ、こっちは問題ねえ。三好兄弟も無事でなによりだ」

佐助が応えると、三好清海入道は「うむ」とうなずいた。

「徳川の本陣に攻め入ろうと思った矢先にこれだ。ままならんのう」

「こんな恐ろしい武器を隠《かく》し持《も》っていたとは……徳川め！」

弟の三好伊佐入道が、悔《くや》しげに顔をしかめた。たしかに、ここで新たな武器が投入されるのは、佐助にも予想外だった。

才蔵が「そういえば」と口を開く。

「徳川家康は外国と通じ、強力な武器を手に入れたと聞いた。おそらく、この大砲がそれなのだろう」

才蔵の言葉は真実だった。このときの佐助には知る由《よし》もなかったが、徳川家康はイギリスとの交流を通じて、新型の西洋大砲を入手していた。カルバリン砲と呼ばれるその大砲の砲弾が、今まさに佐助らの頭上から降り注いでいるのである。

もともと戦国時代において、大砲の出番はそう多くはなかった。豊臣秀吉が小田原攻めなどの際に用いたのみで、基本的には影《かげ》の薄《うす》い兵器だったと言ってもいい。

その理由は、主に射程距離《しゃていきょり》にある。

この時代、主力となっていた大砲の有効射程距離は、せいぜい三百メートルから五百メートルといった程度である。これは、火縄銃《ひなわじゅう》の射程距離二百メートルと比べ、さほど大きく変わるものではない。

火縄銃のほうが取り回しも楽で、かつ火薬の燃費もいい。戦国大名たちにとっては、わざわざ大砲を使う理由もなかったのである。

しかしこの「英国製のカルバリン砲」は、画期的な代物だった。従来型の大砲と比べると、飛躍《ひやく》的《てき》に射程距離を増している。三百メートルどころかその十倍、ゆうに三千メートルも離れた場所を爆撃《ばくげき》できるのだ。

城攻めに関してはまさに圧倒的。まさに戦略を塗《ぬ》り替《か》えうる兵器だった。

佐助たちの周囲への爆撃は、間断なく続いている。徳川方は、火薬を惜《お》しまず一気に真田丸を制圧するつもりなのだろう。

才蔵は「ちっ」と舌打ちした。

「まずいな。このままでは真田丸どころか、大坂城まで破壊《はかい》されかねない」

「なんとかして、あの砲撃を止めねばならんということじゃの」

望月がうなずき、三好伊佐入道が、「ううむ」と眉《まゆ》をひそめた。

「だがどうする。ここから徳川の本陣まで攻め入って大砲をつぶすというのは、ちと無理がある気がするのう」

「弟の言うとおりだ。本陣にたどり着く前に、吹き飛ばされるのが関の山よ」

三好清海入道も、険《けわ》しい顔でうなっていた。

だが、このまま岩陰で様子をうかがっていても、状況はよくならないのもわかっている。

いったいどうすれば良いのか。

佐助が頭をひねっていると、聞き覚えのある声が響《ひび》いた。

「ひかえい！　ひかえいっ！　我は前田利常であるぞ！」

黒塗りの鎧《よろい》に身を包んだ武士が、真田丸の方角から現れた。先ほど佐助とやりあった前田軍の総大将、前田利常である。

前田利常は槍《やり》を高く掲げ、大声で叫《さけ》んでいる。

「兵たちよ！　即刻、砲撃《ほうげき》を中止せよ！　今はまだその時ではない！」

佐助は思わず、耳を疑った。敵の大将であるはずの前田利常が、砲撃の中止を宣言《せんげん》している。佐助たちにとっては渡りに船だが、これはいったいどういうことなのだろうか。

前田軍の兵たちも、同じように動揺《どうよう》している様子だった。

「と、利常様！　なぜ砲撃を中止せねばならぬのでございますか⁉　真田の兵どもを蹴散《けち》らせる機会だというのに！」

「このまま我々が真田丸を落としてしまっては、家康様のご活躍《かつやく》を奪《うば》うことになってしまいかねん！　ここは生かさず殺さず、敵の様子を見るにとどめるのだ！」

「ですが、千載一遇《せんざいいちぐう》の機会ですぞ！」

「反論は聞かぬ！　ここでわしに首を落とされたくなくば、一刻も早く砲撃をやめるよう、本陣に伝えて参れ！」

前田利常は、家来たちを強くにらみつけた。

兵たちも、さすがに自分たちの大将に首を落とされてはたまらないと思ったのか、ぎょっとした顔を浮かべた。「御意《ぎょい》に！」と頭を下げ、一目散《いちもくさん》に南の本陣へと駆《か》け戻《もど》っていく。

前田利常は、あわてふためく家来たちの背を見ながら、「くっくっく」と肩を揺《ゆ》らしていた。

「うまいことだませたか。やっぱ俺っちの物真似《ものまね》は天下無敵ってことだなあ」

佐助は、「ん?」と首をかしげた。

なにやら前田利常の様子がおかしい。その声色も、つい今の今まで家来を怒鳴っていたものとは異なっている。

「もしかしてお前、甚八《じんぱち》か?」

「おうよ。俺っちの大将姿《たいしょうすがた》、結構似合《けっこうにあ》ってるだろ」

前田利常を名乗っていた男は、そそくさと佐助らの近くに走り寄ってきた。同じように岩《いわ》陰《かげ》に隠《かく》れ、おもむろに被っていた黒塗《くろぬ》りの兜《かぶと》を脱ぎ捨てた。

兜の下から現れたのは、日焼けした浅黒い肌の中年男だった。佐助にはなじみ深い顔だ。この男もまた真田十勇士のひとり、根津甚八《ねづじんぱち》である。

三好清海入道が、「がっはっは」と大声で笑った。

「一国の大名から追いはぎしてみせるとはな。お主は大したやつよのう、甚八」

「佐助がうまいこと、敵の殿様を倒してくれたからな。すっかり気を失ってたから、こうやって上手いこと鎧兜《よろいかぶと》をはぎ取れた」

甚八は前歯の抜けた顔で、にっと笑みを浮かべている。

この根津甚八は、そこそこ名の知れた旅芸人だった。鳥や動物の鳴き真似《まね》が得意で、それを披露《ひろう》して日銭を稼《かせ》ぎつつ、諸国を放浪していたのである。その旅の途中で九度山を訪れ、佐助や才蔵と出会ったのだった。

――俺っちの夢は、日本一《ひのもといち》の芸達者《げいたっしゃ》になることだ。

出会って一番に、甚八が告げた言葉である。

日本一《ひのもといち》の兵《つわもの》とよばれる真田幸村の家来になれば、きっと自分も日本一の芸達者と呼ばれるに違いない。だからどうか俺っちを仲間に入れてくれ――甚八は地に頭をこすりつけて、佐助にそう頼んできたのである。

物真似芸など、戦《いくさ》の役に立つのだろうか。才蔵などは当初、そう疑問に思っていたらしい。

だが佐助は、この根津甚八という男の根性を、最初からすっかり気に入っていた。どんな土俵であれ、日本一を目指すなど、そうそう誰しもが口にできることではない。恥《は》ずかしげもなくそれを言い切れる人間というのは、気持ちのいいものだ。

実際この根津甚八には、人並み外れた度胸《どきょう》があった。そのうえ、この物真似芸である。根津甚八が勇士を名乗るにふさわしい人材だというのは、すぐに判明したのだった。

ややあって、三好伊佐入道が空を見上げた。

「ふむ……。どうやら砲撃《ほうげき》は、止んだようだな」

どうやら、甚八の計略は首尾《しゅび》よく功《こう》を奏《そう》したらしい。

望月が「おお」と目を丸くしている。

「まさか本当に上手くいくとは……。さすがじゃのう、甚八」

甚八は「へっへっへ」と歯抜けの笑みを見せた。

「任せとけって、じいさん。おれっちにかかりゃあ、こんなの朝飯前よ」

「だが、いつまでも徳川方をだましとおせるわけでもあるまい」

才蔵が、険《けわ》しい顔で立ち上がった。

「今のうちに、攻めに転じるべきだ。これ以上大砲を使われないうちに、敵の本陣に打撃を与えるぞ」

佐助も「そうだな」とうなずき、岩場から躍《おど》り出《で》た。才蔵の言うように、これが千載一遇《せんざいいちぐう》の好機である。

「甚八が作ってくれた好機だ！　一気に攻めこむぞ！」

佐助の声に応じて、望月や三好兄弟、甚八が「おお！」と気炎《きえん》をあげた。それぞれ武器を手に、南の徳川本陣へと駆《か》けだした。

大砲さえ封じれば、必ず勝機はある。刀や槍《やり》での戦いなら、自分たちも決して徳川軍には引けを取らないはずだ。

このときの佐助らは、そう考えていたのだった。

徳川方に、さらなる切り札が用意されていることは、まだ知らなかった。

＊＊＊

「うおりゃあああっ！」

「どっしゃあああっ！」

三好清海入道と三好伊佐入道が振るう巨大な得物《えもの》が、徳川の兵たちをまとめて弾《はじ》き飛《と》ばした。相対した敵兵たちが呆気《あっけ》なく飛ばされていく様は、まるで荒れくるう竜巻である。徳川の兵たちは紙切れのように空を舞いながら、「うわあああっ！」「ひいいいいいっ！」と悲鳴をあげていた。

「いやはや、さすが三好兄弟じゃのう。某《それがし》らの倒す敵がいなくなってしまいそうだわい」

そういう望月六郎の槍捌《やりさば》きも、年齢を感じさせぬほどに鋭《するど》いものだった。向かってくる敵兵を、次から次へと薙《な》ぎ倒《たお》していく。

彼らの後ろで刀を振るう根津甚八も、「ひゅーっ」と感嘆《かんたん》の口笛《くちぶえ》を鳴らしていたほどだ。

「三好兄弟も望月のじいさんも、大したもんだな。一介の旅芸人にゃあ、ついていくだけでやっとだ」

「いいや、お前もなかなかのもんだと思うぜ、甚八」

佐助もまた、握《にぎ》った村正で立ちふさがる兵を斬り捨てた。

「お前の物真似芸のおかげで、敵はだいぶ混乱している。お前がいなきゃあ、ここまで切りこむのにも相当苦労しただろうな」

甚八は、戦場のあちこちであの前田利常の声真似をしていたのである。徳川兵たちが突撃《とつげき》をしかけてくるとみれば、「後ろに下がれ！」と号令を出し、拠点《きょてん》の守りを固めているとみれば、「散会して拠点は放棄《ほうき》しろ！」と指示を出す。

戦場の混乱の中では、その声が本物かどうか即座に判断することは難しい。敵は甚八の声に翻弄《ほんろう》され、ただ右往左往《うおうさおう》するばかりだったのである。

佐助に褒《ほ》められ、甚八は得意げに、にいっと欠けた歯を見せた。

「ありがとよ、佐助。お前さんにそう言ってもらえるんなら、気ぃ張ってここまで来たかいがあるってもんだぜ」

現在、佐助らは戦場全体の中央付近まで進軍していた。徳川家康が陣を敷《し》く天王寺までは、もう半里（二キロメートル）もない。

三好兄弟や望月、甚八らの活躍で、周囲の敵は敗走を始めている。あとは一路、徳川本陣まで攻め入るだけである。

「よし、もう少しだ！　おいらたちで、このまま徳川軍を打ちのめしてやろうぜ！」

佐助が声を張り上げたそのときだった。

「――佐助！　危ないッ！」

才蔵の声が響《ひび》き、佐助は背後から突き飛ばされた。思わず、地面に膝《ひざ》をついてしまう。

いったい何事なのか。佐助が後ろを振り向くと、そこには才蔵の背中があった。

「ぐっ……は……！」

押し殺したような声。才蔵は口元から血を吐《は》き出《だ》しつつ、佐助をかばうように大きく手を広げている。その身体の中心からは、刀の切っ先が突き出ているのが見える。

佐助は思わず目を見張った。才蔵は佐助をかばって、敵の刺突《つき》を受けたのだ。

胸の傷口からは、おびただしい量の鮮血《せんけつ》があふれていた。

「お、おい、才蔵……!?」

衝撃的な光景に、佐助はすっかり言葉を失っていた。この血まみれの才蔵は、本当に現実なのだろうか。

「さ、さす……け……！」

才蔵は苦悶《くもん》の表情のまま、仰向けに地面に倒れた。その衝撃《しょうげき》で、どしゃりと砂埃《すなぼこり》が舞う。

地面に倒れた才蔵は、胸から血を流しながら、びくんびくんと痙攣《けいれん》を続けていた。その顔からは、見る見るうちに生気が失われていくのがわかる。

死ぬ。才蔵が死ぬ。死んでしまう。

「え……？　なんなんだ。なんだってんだよ、これ……！」

佐助には、どうすることもできなかった。才蔵の身になにが起こったのか、理解ができない。いや、頭が理解を拒《こば》んでいた、というのが正しいのかもしれない。

倒れた才蔵を見下ろしていたのは、黒ずくめの装束《しょうぞく》に身を包んだ男だった。

「──ふん、たわいもない」

黒づくめの男は、その右の手に血にまみれた刀を握《にぎ》っていた。

それなりに上背があるが、詳《くわ》しい年の頃はわからない。その顔は、恐ろしげな面で覆《おお》われていたからだ。

それは鬼《おに》──目をくわっと見開き、恐ろしげに歯を剥《む》いた黒鬼の面である。

「真田家選りすぐりの勇士というから、多少は期待していたのだがな」

鬼の面を身に着けたその男は、佐助のほうをまっすぐに見て告げた。

「お前なら、少しは楽しませてくれるのか。猿飛佐助よ」

不意に名を呼ばれ、佐助はぎょっと身構えた。

「き、貴様、何者だ⁉」

「取るに足らぬ、ただの忍びよ。名乗る必要もない」

鬼面の男は、「くっくっく」と小さく肩を揺《ゆ》らした。

この余裕の態度は、ただの忍びではありえない。佐助をかばったのだとはいえ、あの霧隠才蔵を一撃で倒したのだから。

佐助も才蔵も、敵の気配を探る術にはそこそこの自信があったのだ。

衣擦《きぬず》れや、呼吸、心の臓が脈打つ音。佐助も才蔵も、敵が立てるそれらの音を決して聞きもらすことはない。隠形術《おんぎょうじゅつ》の修業の中で磨《みが》き上《あ》げてきた感覚だ。たとえ敵が背後から密《ひそ》かに忍び寄ろうとも、察知《さっち》できたはずなのである。

しかしこの鬼面の男は、いともたやすく佐助への不意打ちを成功させていた。そしてその結果、才蔵が倒れることとなってしまった。

この男が相当な実力者であることは、それだけでも明白である。

混乱する佐助をよそに、三好兄弟が激昂《げっこう》した。

よくも
才蔵をっ!
ス
許《ゆる》さぬううう
ううう!
ドッ

破

グググ…
う…！
動けぬ…！
貴様
なにを
した…！
影《かげ》縛《しば》りだ

ぬうっ!
そうれっ!
ぐはっ!

流れるような連撃だ。この男、並大抵《なみたいてい》の達人ではない。

佐助は息をのんだ。

望月六郎も「なんと」と顔を青ざめさせている。

「才蔵のみならず、あの三好兄弟まで……！」

「や、やべえ！　なんなんだあの術は！」

根津甚八も、恐怖のあまり息を荒《あら》らげてしまっていた。

佐助にもその気持ちはわかる。この鬼面の男は、他の徳川兵たちとは別格の手練《てだ》れだ。気を抜《ぬ》けば、たやすく殺されてしまうだろう。

鬼面の男は、「恐れよ」と佐助らに言い放った。

「家康様に歯向かう者には死あるのみ。すぐに全員、あの世に送ってやる」

男は再び地面に刀を突《つ》きさし、「破っ！」と気合をこめた。それとほぼ同時に、望月六郎も根津甚八も、そろって「うっ」とくぐもった声を上げる。

望月も甚八も、目を見開いたまま、ぴたりと動きを止めていた。ふたりとも、〝影縛《かげしば》り〟とやらに陥《おちい》ってしまったらしい。

今や満足に身体を動かせるのは、佐助だけである。

佐助だけが無事だったのは、なにも偶然ではない。術をかけられる一瞬前《いっしゅんまえ》に、その術の正体を見破っていたからである。

鬼面の男は、どこか感心したように「ほほう」と肩を揺《ゆ》らした。

「さすがは猿飛佐助よ。我の〝影縛り〟を、かわして見せるとは」

「なにが影縛りだ。こんなもん、ただの隠し芸じゃねえか……！」

忍者が用いる術は、忍術であって妖術《ようじゅつ》ではない。一見摩訶不思議《まかふしぎ》に見えても、必ずタネもしかけも存在する――。修業中、才蔵によく言われた言葉である。

鬼面の男が影縛りの術を用いる際に、右手で刀を地面に突き刺している。それが単なる引っかけであることは、佐助にもすぐわかった。

術のしかけは、左手にある。この男の装束《しょうぞく》の左の袖《そで》には、矢筒《やづつ》のようなものが仕込まれていた。佐助は、伊佐入道が倒された際、その左袖からすばやく矢が発射されるのが見えていたのである。

視線を右手の刀に注目をさせておいて、その隙《すき》に左手の小さな矢のようなものを発射する。なんのことはない。これが、影縛《かげしば》りの術のからくりであった。

「おそらくは、痺《しび》れ毒《どく》かなんかを塗《ぬ》った矢なんだろう。左手から密《ひそ》かに発射した矢で、相手を動けなくするって寸法だ」

術の正体を見破ってしまえば、佐助にとってそれを回避することは造作もないことだ。

佐助の答えに対し、鬼面の男は「正解だ」とうなずいた。

「いいぞ、猿飛佐助。やはりこのくらいは見切ってもらわなくては。甲賀いちの忍び、白雲斎の技を継《つ》いだだけのことはある」

「なぜそれを……」

「伊賀の情報網をなめるなよ」

「伊賀……!?」

佐助はごくりと息をのんだ。

そういえば以前、真田幸村も言っていたではないか。徳川家康は、服部半蔵という優れた伊賀者を配下に置いていると。

「お前、もしかして服部半蔵か」

「だったらどうする？」

否定をしないあたり、佐助の想像は正しいのだろう。

鬼面の男――服部半蔵は、手にした刀を振りかぶり、「きえいっ！」と佐助に躍《おど》りかかってきた。鋭《するど》い斬撃《ざんげき》が、大上段から佐助を襲《おそ》う。

佐助もとっさに村正を抜き、服部半蔵の一撃を受け止めた。

ガキン、と鈍《にぶ》い音《おと》が周囲に響《ひび》き渡《わた》る。

すさまじく重い一撃だった。受け止めた刀を通じて、佐助の手に、じぃんと強い痺れが走る。この一太刀のみで、相手が剣術の達人であることも十分にわかった。

服部半蔵は、鬼面の下で「くくく」と笑みをもらした。

「〝影縛り〟が効かぬのであれば、別の方法で勝負を決するまでよ」

服部半蔵は、鍔《つば》迫《ぜ》り合《あ》いの状態からさらに一歩前へと踏みこんだ。凄《すさ》まじい気合いと腕力《わんりょく》である。佐助ですら押し負けてしまいそうになるほどだ。

佐助は「ぐっ」と強く歯を食いしばり、体勢を崩《くず》されないようにこらえた。

「てめえは絶対に許さねえ……！　才蔵の仇《かたき》だっ！」

「貴様ごときに仇がとれると思うな」

服部半蔵は右手に刀を握ったまま、左手で鬼面の縁を持ち上げた。髭《ひげ》にまみれた口元が、佐助の眼前に露《あら》わになる。

すると服部半蔵は、突然「ふううっ」と息を吐《は》きだした。暗緑色《あんりょくしょく》の煙《けむり》が、その口から吐き出される。

毒霧《どくぎり》の術――。佐助ははっと気づき、あわてて呼吸を止めた。

忍びの中には、口内に仕込んだ毒筒《どくつつ》から、毒を噴《ふ》き出《だ》す術を用いる者がいるらしい。服部半蔵が吐き出した暗緑色の煙は、まさにその毒霧だ。

佐助もそういう知識を以前、才蔵から聞いたことがあった。だが今回は、呼吸を止めるのが少し遅かったようだ。

佐助は、胸が軋《きし》むような悲鳴を上げるのを感じた。至近距離《しきんきょり》ゆえ、毒霧が少し肺《はい》に入ってしまったようである。

おそらくは附子毒《ぶすどく》（トリカブト）の類《たぐい》だろう。手足が痺《しび》れ、視界が明滅《めいめつ》する。あまりの痛みに耐《た》えかね、佐助はその場に刀を取り落としてしまった。

「くそっ、卑怯《ひきょう》な……！」

「卑怯？　忍びにとっては、至上《しじょう》の褒《ほ》め言葉よ」

服部半蔵は、そのまま容赦《ようしゃ》なく刀を振り抜いた。

佐助はこれをなんとかよけようとしたものの、毒の回った身体ではろくに動きようがない。完全に刀を避けることはできず、左の二の腕《うで》を斬《き》られてしまった。

腕から勢いよく血が噴き出し、佐助はその場に膝《ひざ》をついてしまう。

服部半蔵は、佐助を見下ろし「くっくっく」と笑みを浮かべた。

「勝負あったな。猿飛佐助よ」

「まだ……！　まだ、おいらは負けてねぇ……！」

佐助は、ぎりりと奥歯を強くかみしめた。

必死で反撃しようと試みているのだが、回った毒のせいで、刀を握《にぎ》ることも難しい。服部半蔵の鬼面をにらみつけるだけで、精一杯《せいいっぱい》である。

服部半蔵は「強がるな」と鼻を鳴らす。

「安心しろ。すぐに、仲間の後を追わせてやる」

服部半蔵が、刀を高く振り上げる。佐助はその切っ先を見上げ、ぐっと拳《こぶし》を握《にぎ》りしめた。

自分は斬《き》られるのか。本当に、こんなところで終わりなのだろうか。

自分のすぐ背後には、倒れた才蔵がいる。

佐助にとっては、十年もの歳月をともに歩んできた、かけがえのない相棒《あいぼう》である。兄弟にも等しい存在だ。

その才蔵の無念も晴らせずにむざむざ殺されるなど、できるわけがない。

「ちくしょう……！　やられてたまるかよ……！」

佐助が声をもらした、その時だった。

ドン、ドン、ドンと、空気が震《ふる》える音が響《ひび》いた。

陣太鼓の音だ。徳川の本陣の方角から聞こえてくる。

次いで馬が一騎《いっき》、大声を上げながら戦場を駆《か》けてくる。

「家康様からの伝令なり！　即刻、全軍で本陣に退却せよ！　繰《く》り返《かえ》す！　家康様からの伝令なり！」

徳川軍の伝令役のようだ。馬上の兵は、全軍退却の命令を叫びながら、切羽詰《せっぱつ》まった表情で戦場を駆《か》け抜《ぬ》けて行った。

佐助は、あぜんとさせられてしまっていた。まだ戦《いくさ》の決着はついていない。豊臣軍も徳川軍も、まさに戦いの最中だったはずだ。

なのに、全軍退却とはどういうことだろうか。

あの伝令役が、甚八の変装だというのなら納得できる。だが、当の甚八は〝影縛《かげしば》り〟で身動きを封《ふう》じられているのである。

だとすれば、あの馬は本物の伝令役だと考えるしかない。

服部半蔵は「むう」と顔をしかめた後に、振り上げていた刀を下ろした。

「家康様のご命令とあらば、致《いた》し方《かた》ない」

刀を鞘《さや》に納めつつ、佐助に向けて「命拾いしたな」と告げる。

「猿飛佐助。お前の命など、いつでも奪《うば》える。次に会うときは、必ずその首、もらい受けるぞ」

服部半蔵はそのまま背を向け、風のような速さで走り去った。

「ま、待て！」

佐助は叫《さけ》んだのだが、当然敵は聞く耳をもつわけがない。立ち上がって追いかけようにも、身体が言う事を聞こうとはしなかった。

「くそっ……ちくしょう……！」

佐助はその場にうずくまり、歯噛《はが》みすることしかできなかった。

見れば、他の徳川の兵たちもそれぞれに退散を始めている。さきほどまで大挙して真田丸を攻めようとしていた兵たちが、回れ右をして本陣に向かっている。彼らもまた、状況をよく飲みこめていないという様子だった。

戦場は、気勢をすっかり削《そ》がれてしまっている。どういうわけかここにきて、戦《いくさ》は急に収束へと向かいはじめていたのである。

「なにがどうなってる……」

その場に残された佐助は、ただただ呆気《あっけ》に取られていた。

ちらりと、倒れた才蔵に目を向ける。

こういうときいつもの才蔵なら、なにが起こっているのかを、持ち前の頭のよさでわかりやすく佐助に説明してくれていたことだろう。

しかし血だまりに沈んだ才蔵は、もはや物言わぬ身体となりはてていた。

もう二度と、才蔵とは語り合うことはない。修業をともにすることもできない。

その事実が、ぎゅうっと強く佐助の胸を締めつける。

「才蔵……！　才蔵ぉぉぉぉっ……！」

佐助は天を見上げ、激しく慟哭《どうこく》した。両の目の奥から、熱いものがじわりとあふれてくる。佐助はそれを、止めることはできなかった。

＊＊＊

徳川の兵たちが引いてからしばらくして、佐助はゆっくりと息を吐《は》いた。

視界も呼吸も元に戻《もど》った。服部半蔵から受けた毒《どく》も、ようやく抜けてきたらしい。

気分は決していいものではなかった。だが、ここで立ちどまっているわけにもいかない。

佐助は懐《ふところ》に入れていた布切れで左腕《ひだりうで》の傷を止血し、その場からゆっくりと立ち上がった。

見れば、どうやら三好兄弟も無事だったようだ。兄弟で向かい合って地面に座り、互《たが》いに斬《き》られた傷の手当てを行っていた。

三好清海入道が、佐助のほうに目を向けた。

「おお、大丈夫《だいじょうぶ》か。佐助」

「ああ、なんとかな」

「あの鬼面の忍びめ……。今回は不覚を取ったが、次は必ず倒してやる」

弟の伊佐入道が、握《にぎ》りこぶしで悔《くや》しげに地面を叩《たた》いていた。

この兄弟の身体の頑丈《がんじょう》さは、十勇士の中でも随一《ずいいち》である。どうやらふたりとも、命に別状はないようだ。

今はそれだけでも、佐助にとっては救いだった。

望月六郎や根津甚八も、すっかり身体の自由を取り戻していたようだ。

望月は槍《やり》を肩に担《かつ》ぎ直《なお》し、佐助のほうに向き直った。

「才蔵のことは、残念じゃったな」

佐助は「ああ」とうなずき返した。

才蔵の遺体は、近くの岩陰《いわかげ》に移されていた。本当ならちゃんと葬《ほうむ》ってやりたいところなのだが、戦《いくさ》の最中ではそれも難しい。

「佐助、お前のせいじゃねえぞ」

甚八が、佐助の肩をぽん、と叩《たた》いた。

「俺っちたちより、お前のほうが才蔵とは付き合いが長いもんな。その分、つらいところだとは思うが――」

「心配するな。おいらは大丈夫だ」

佐助は、無理やりに笑顔を浮かべてみせた。まだ戦いは続いている。ここで落ち込んでいても、仲間たちをいたずらに不安にさせてしまうだけだ。

佐助は、ぐっと拳《こぶし》を強く握りしめた。

「才蔵に救われたこの命、無《む》駄《だ》にするわけにはいかねえ。徳川の連中には、必ず落とし前をつけてやる……！」

「ああ、その意気じゃや。某《それがし》も、才蔵のために力を尽《つ》くそう」

望月が、しみじみとうなずいた。

この老武士は、佐助よりも長い才蔵との付き合いだったはずだ。佐助同様、あるいはそれ以上に、才蔵の死に心を痛めているかもしれない。

それでも望月は槍《やり》を手に、進もうとしている。この心意気が、佐助にはありがたかった。

伊佐入道が、「ううむ」と首をひねった。

「しかし徳川家康め。あの状況で軍勢を退かせるとは、どういうつもりかのう？」

「そうじゃのう、伊佐。まるで狐《きつね》につままれたみたいな気分だわい」

清海入道も、弟同様に首をひねっている。

「……おい根津、こりゃあ、なにがどうなっておるんだ？」

問いかけられた甚八も、「俺っちに聞くなよ」と顔をしかめていた。

佐助にも、なぜ徳川が退いたかはよくわからない。これも、なにかの策《さく》なのだろうか。

全員で首をひねっているとふと、背後から声をかけられる。

「――待たせたなあ、猿飛」

振り向けば、そこには眼鏡《めがね》をかけた青年の姿があった。あまり戦場には似《に》つかわしくない優男だが、彼もまた佐助らと同じく赤備《あかぞな》えの装束を身に着けている。

海野六郎《うんのろくろう》。この青年もまた、十勇士のひとりであった。

とはいえ、直接戦《いくさ》に出るわけではない。真田家の勘定方《かんじょうがた》（会計係）を任じられており、財政を支え、物資や武器を管理する立場にある。

今回も海野は真田丸に詰《つ》め、後方からの支援《しえん》を行っていたはずである。

「お前、どうしてここに？」

佐助がたずねると、海野は「ひひひ」と楽しげに笑みを浮かべた。

「そら、ぼちぼち戦《いくさ》のカタがついた頃やろうと思ってな」

「カタがついた？」

「あれやろ。なんで急に徳川が軍を引いたのか、不思議なんやろ」

望月が、むっと顔をしかめた。

「なんじゃや。お主はなにか知っておるのか？」

「せやで。アレはうまいこと、わいの策《さく》がハマったっちゅうことや」

三好兄弟が、そろって「策？」と首をひねった。

海野が、いたずらを成功させた子どものような顔でうなずいた。

「わいはちょうど今の今まで、その策のために、城を離れておったんや」

「どういう意味だ？　我らが死闘《しとう》の只中《ただなか》にいたというのに、持ち場を離れていたというのは……」

顔をしかめる三好伊佐入道に、海野は「まあ聞けや」と答えた。

「わいはな、この大坂近辺の商人連中に、話をつけに行っとったんや。米とか味噌《みそ》とか干物とか……そういう食糧類《しょくりょうるい》を全部、大坂方で買い上げたんや。わいはな、その交渉《こうしょう》に励《はげ》んでおったんやで」

「食糧を？」

「ああ。戦《いくさ》が長引けば、食糧は必ず必要になるやろ。それは豊臣方も徳川方も同じこと。幸村様は先手を打って、豊臣方に食糧を買《か》い占《し》めさせたっちゅうことやな」

望月は「ふうむ」と腕《うで》を組んだ。

「急に徳川の連中が退いたのはそのせいじゃったか。食糧が確保できない以上は、戦を続けるのは不可能じゃからのう」

「ん？　なんだ？　徳川の連中は、食糧を準備してなかったってことか？」

甚八は、まだ話をうまく飲みこめていない様子だった。

海野は「そういうことやね」と、続けた。

「おそらく徳川家康は、最初はすぐにでも大坂城を落とせると思ったんやろな。せやけど、真田軍が予想以上の抵抗を見せたもんやから、あわてて長期戦の準備をしようと焦《あせ》った」

「でも、そのときにはすでにこのあたりの食糧は海野が買い占めちまってた……ってことか。それなら確かに、徳川家康は軍を退くしかなさそうだわな」

「せやせや、ご明察」

海野は得意げに腕に組んだ。

——戦《いくさ》とは、刀や槍《やり》を振るうのみにあらず。算盤《そろばん》を弾《はじ》くのも、また戦いなり。

それが海野六郎の座右《ざゆう》の銘《めい》だった。

武士としては裏方ではあるが、この男の果たす役割は大きい。海野は、真田家の十勇士として無くてはならぬ存在だった。実際今回も、佐助らは海野の先を見すえる力によって危ないところを救われたのだから。

佐助は「なるほどな」と、感心のため息《いき》をもらした。

「さっき幸村様が言っていた策《さく》ってのは、海野が考えた計略だったわけか」

「ああ。わいも地味ながら、こうして役には立っとるっちゅうわけや」

「おいらたちも、すっかり助けられたな」

「できれば、霧隠のやつも助けられたらよかったんやけどね」

海野は声を落とし、力なくため息をついた。その視線は、才蔵が横たわる岩場のほうへと向けられている。

佐助は、「お前のせいじゃない」と海野の肩《かた》に手を置いた。

そのとき、遠くから蹄《ひづめ》の音が聞こえてきた。

見れば、真田丸の方向から数騎《すうき》の馬が駆《か》けてくるのが見えた。

先頭の馬にまたがっているのは、赤い鎧《よろい》に鹿角兜《しかづのかぶと》をかぶった将——真田幸村である。

「皆の者、大事はないか？」

幸村は、佐助らの近くで馬を止めた。

その後から続くのは、穴山小助に由利鎌之介、そして筧十蔵の乗る馬である。真田丸で幸村を守っていた勇士たちだ。

幸村と真田丸を守るべく、奮戦《ふんせん》したのだろう。全員あちこちに傷を負ってはいたものの、なんとか無事のようだ。

望月が、幸村の前に進み出て「ははあ」と頭を下げた。

「才蔵が討死《うちじに》いたしました。それ以外は、全員無事でございまする」

「なに、才蔵が……!?」

幸村は、にわかに目を見開いた。

才蔵は、小さい頃から真田家に引き取られ、幸村の手で育てられてきた。幸村にとっては、息子同然の存在だったのだ。

日本一《ひのもといち》の兵《つわもの》と言えど、大事な家族を失うのはつらいのだろう。幸村は「そうか」とつぶやいたまま、しばらくの間じっと黙《だま》ってうつむいていた。

穴山小助も、すっかり言葉を失ってしまっていた。才蔵の亡骸《なきがら》のほうを見つめ、「そんな」と顔を青ざめさせている。

由利鎌之介も、珍《めずら》しく神妙《しんみょう》な様子だった。

「あいつが死ぬなんてこと、あるのか……。あんだけの術の使い手だったってのによ……。そんなの、おかしいだろ？」

場は、重苦しい空気に包《つつ》まれてしまっていた。霧隠才蔵が大きな存在だったということを、全員が思い知る。

ややあって、幸村が顔を上げた。気持ちの整理がついたようだ。一軍を率いる武将らしく、超然《ちょうぜん》とした表情で、堂々と告げる。

「お前たちは、よくやってくれた。徳川の軍勢は退いた。先鋒《せんぽう》の将、前田利常も、退却している。この戦、今日のところは、我らの完全な勝利だ」

三好兄弟が、「おお！」「勝利か！」と目を輝《かがや》かせた。

「やりましたな！　例の奇策《きさく》のおかげというところじゃのう！」

「すっかり海野に手柄《てがら》を取られてしまったのう！」

兄弟が、そろって「がははは」と、大口を開けて笑っている。わざと明るく振舞《ふるま》っているのは、仲間たちの悲しみを少しでも和らげようとしているからだろう。その気遣いが、佐助の胸に染《し》み入《い》っていた。

幸村は、佐助らひとりひとりの顔を見つめながら、しっかりと告げた。

「もちろん海野の働きも大きい。だが、それだけではない。徳川家康が軍を退いたのは、お前たち全員が粘《ねば》りを見せたからだ」

海野も「その通りや」とうなずいた。

「大坂城を守れたのは、みんなの力やで。ここにいるみんなが全力で徳川軍を食い止めたからこそ、わいの策は通じたんや」

「そうだ。お前たちこそ、誠の勇士よ」

幸村に笑みを向けられ、十勇士たちはふっと表情を柔《やわ》らかくした。

三好兄弟は大声で鬨《とき》の声を上げ、穴山小助もほっと安堵《あんど》のため息をついていた。あの朴念《ぼくねん》仁《じん》の筧十蔵ですら、うっすらと口元を緩《ゆる》めていたほどである。

そもそもここにいるのは皆、この戦いの勝利を目指して集まった者たちなのである。徳川に一矢報いることができたのが、素直に嬉しいのだろう。

佐助がそうやって仲間たちの顔を見回していると、望月が心配そうに声をかけてきた。

「佐助よ。才蔵のことを気にしておるのか？」

「いや……もう大丈夫《だいじょうぶ》だ。あいつのためにも、今は前を向かなきゃならねえ。それはわかってる」

望月は「ふむ」と佐助の顔をのぞきこんだ。

「ならば、あの鬼面《きめん》の忍びのことを気にかけておるのか」

望月に図星をつかれ、佐助は思わずぎょっと目を丸くしてしまった。

「よくわかったな、じいさん」

「当たり前じゃ。こちとらもう、十年近くお主と暮らしておるんじゃからな。お主の考えておることくらい、お見通しじゃわい」

佐助は「そうか」と苦笑いを浮かべた。

さすが、望月にはかなわない。小さい頃から生活をともにしている分、佐助にとっては、もうひとりの祖父のような存在である。嘘《うそ》はつけない。

「ああ、あの忍び……服部半蔵に、いいようにやられちまったからな。おいらが不意打ちを察知《さっち》できなかったせいで、才蔵も命を落とすことになっちまった」

佐助は、「はあ」と大きなため息をついた。

「同じ忍びだってのに……まったく情けない話だぜ」

「そうじゃのう、本当に情けないわい」

望月が、顔をしかめてみせる。

佐助は「すまねえ」と頭を下げるしかなかった。

「敵の忍びを止めるのは、おいらの役目だって言われてたのに……。忍術勝負で負けちまったんじゃや、意味がねえよな」

「それは違うぞ、佐助よ」

望月は、じっと佐助の目を見つめた。

「某《それがし》が『情けない』と言っておるのは、お主があの忍びに負けてしまったからではない。一度負けた程度で、くよくよ悩んでいることが情けないのじゃ」

「一度負けた程度って……でも、負けは負けだろ」

「結果はどうあれ、お主は今回生き残ったんじゃや。死ななければ、きっといつかは勝てる。次に勝つためにどうすればいいのかを考えるべきじゃやろう」

望月に諭《さと》され、佐助は一瞬《いっしゅん》むっと顔をしかめた。あんたに忍びの戦いのなにがわかるのだと、反論したくなった。

しかし冷静に考えれば、望月の言うことももっともだ。あの服部半蔵とは、またこの先も戦場《いくさば》で相まみえる可能性は十分にある。そのときどう勝つかを考えるべきだろう。

望月は、ふっと表情を柔《やわ》らかくした。

「それに佐助、お主はひとりではない。仲間がおるじゃろう」

「仲間……」

「うむ。某《それがし》らとて、才蔵の仇討《かたきう》ちをしたいという気持ちは一緒じゃ。たとえひとりでは敵《かな》わぬ相手にも、十勇士全員でかかれば勝ち目があるかもしれぬ」

たしかにそうかもしれない、と佐助は思った。

服部半蔵は、たしかに手ごわい。だがここにいる全員が力を合わせれば、きっと通用する。なにもひとりで戦う必要はないのだ。

佐助は「そうだな」と息をついた。

「ありがとよ、じいさん。おいら、本当に情けなかったな」

「うむ。気にするな。これからは、今まで以上に仲間を頼るがよい」

と、そのときだった。

突然、「ドォン！」と大きな音があたりに鳴《な》り響《ひび》いた。

耳にタコができるほど、聞き覚えがある。あれは、ついさきほどまであたりに鳴り響いていた大砲《たいほう》の音だ。

穴山小助が、ぎょっと目を丸くしている。

「あ、あれを見てください！」

佐助らは、そろって小助の指さす先に目を向けた。

小助が見ているのは、真田丸よりもさらに北――。大坂城である。天守閣の屋根に、大きな穴が開いているのが見えた。

「砲撃《ほうげき》されたというのか⁉　この局面で……⁉」

真田幸村が、ごくりと息をのむのがわかった。

すでに徳川勢は軍を退《しりぞ》いているはずである。それにも関わらず大砲を撃ってくるとは、いったいどういうつもりなのだろうか。

佐助の脳裏《のうり》に、服部半蔵の鬼面《きめん》が浮かぶ。こうして敵をだまし討《う》ちにするようなやり口は、あの忍びの戦い方を思い出させる。

「まさか、これもあいつの仕業《しわざ》なのか……⁉」

天守閣に大穴の開いた大坂城は、かつての天下人の居所とは思えぬほどの無残なありさまをさらしている。佐助はそれを遠目に見つめ、ぎゅっと拳《こぶし》を握《にぎ》りしめた。

これにて真田丸の戦いは、幕《まく》を閉じることになった。徳川勢を撃退したものの、どうにも後味のよくない幕切れである。

佐助の胸の中にもまた、言い知れぬ悪い予感が渦《うず》を巻き始めていた。

第三章

「おのれ、真田幸村めえぇえっ……！」

徳川家康は、怒りにふるふると肩を震《ふる》わせていた。

齢《よわい》はすでに七十を超えているが、その血気はいまだ衰《おとろ》えない。すっかり薄《うす》くなった頭には、くっきりと青筋が浮かんでいた。

「あの男さえいなければ、大坂城は簡単に落ちていたものを……！」

ここは真田丸から南方へ約一里（四キロメートル）、天王寺近くの茶臼山《ちゃうすやま》である。徳川軍は、この地を本陣《ほんじん》として陣幕《じんまく》を張っていた。

かつての関ヶ原の戦いなどに比べれば、本陣の規模はさほど大きくはない。陣内に積まれた弾薬《だんやく》や食糧《しょくりょう》も、せいぜい一日分くらいというところだ。

家康は当初、この戦はものの半日もあれば楽に勝利できると考えていた。なにしろ、徳川軍は豊臣軍の倍以上の兵力を要していたからである。

しかし、その目論見《もくろみ》は大きく外れてしまった。

大人数で送り出したはずの兵たちは、大坂城どころか、真田丸とかいう小さな出城ひとつ落とすこともできなかった。あの真田幸村の軍に、返《かえ》り討《う》ちにされてしまったのである。

「やはり、あの男……真田幸村が天下取りの邪魔《じゃま》となったか……！」

家康は悔《くや》しげに唇《くちびる》をかみしめた。

真田幸村――あの男が豊臣軍を支える柱になるだろうことは、家康とて十年も前からわかっていたことなのである。

こんなことなら関ヶ原の戦いのあと、殺してしまえばよかった。九度山に幽閉《ゆうへい》などするべきではなかった。家康は内心、激しく後悔《こうかい》していた。

家康は「くそっ」と舌打《したう》ちし、腰掛《こしか》けから立ち上がった。怒りに任せ、目の前の木机《つくえ》を蹴《け》とばしてみせる。

ガランガラン、と音を立てて木机が転がった。

周囲の家来たちが、ぎょっとした表情で家康を見つめた。

「う、上様。どうかお心を鎮《しず》められませ」

駆《か》け寄《よ》ってきた家来を、家康は「うるさいっ！」と突《つ》き飛《と》ばした。

「我が軍の将兵どもは、なにをやっていたのだ！　どいつもこいつも無能《むのう》ぞろい！　雑魚《ざこ》ぞろいではないか！」

今回先鋒《せんぽう》を務めた前田利常には、すでにその不手際をなじり、厳しく叱責《しっせき》を与えている。

なにしろ敵兵との一騎打《いっきう》ちに敗れただけでなく、鎧兜《よろいかぶと》をも奪《うば》われるという失態を犯《おか》したのだ。徳川軍の将として、あるまじき醜態《しゅうたい》である。

「あれだけ大挙して砦《とりで》ひとつ落とせぬとは、まったくもって……わしの若い頃とは大違いだのう！」

家康が行き場のない怒りに息を荒らげていると、冷静な声が響《ひび》いた。

「恐れながら、家康様。こたびの敗走は、すべてが将兵たちの責任というわけではございませぬ」

声の主は、黒い装束《しょうぞく》をまとい、顔に鬼《おに》の面をつけた忍び——服部半蔵である。

服部半蔵は家康の眼前にひざまずき、抑揚《よくよう》のない口調で続けた。

「ただ、敵がこちらの予想以上の手練れぞろいだったというだけのこと」

「手練れぞろい、だと？」

「真田十勇士……。真田家には、そう呼ばれる猛者《もさ》どもがおりまする」

「それは、たしかに聞いておるが。猛者といっても、たかが十人の兵だろう？」

「いいえ。この半蔵が見たところ、十勇士はそのひとりひとりが一騎当千《いっきとうせん》の技を持つ様子。十人合わせれば、万軍に匹敵《ひってき》する戦力だと見まする」

半蔵の淡々とした声色に、家康は顔をしかめた。

「徳川軍では勝てぬ相手だと申すか」

「そうは申しませぬ」

服部半蔵は鬼面の下で、「くくく」とくぐもった笑い声を出した。

「ここは、我にお任せあれ。真田十勇士を瓦解《がかい》させる手はずは、すでに仕込んでおりまする」

「おお、そうか」

服部半蔵は、感情をこめずに続ける。

「さきほど、本陣《ほんじん》のカルバリン砲《ほう》をお借りして、一発撃たせていただきました。砲弾《ほうだん》は確実に、大坂城の天守に命中した模様」

「ほほう……。この距離から敵の本丸に命中させるとはな。さすがは服部半蔵よ」

「ありがたきお言葉」

「しかし、たかだか砲弾が一発当たっただけだろう？　それで大坂城を落とせるとも思えぬ。いったい、なんの意味があるというのだ？」

家康がたずねると、服部半蔵は鬼面の下で「ふっ」と小さな笑みを浮《う》かべた。

「この一発には、非常に大きな意味がありまする。下手に砲弾の雨を降らせるよりも、よほど効果的かと」

家康は、「そうか」とうなずいた。服部半蔵の声色には、絶対の自信があるようだった。この男に任せておけば、まず間違いはないだろう。

「では、こたびも信頼させてもらうとしよう。〝服部半蔵〟には、もう幾度《いくど》となく助けられているのだからな」

武田との戦い。伊賀越え。そして関ヶ原の戦い――。徳川家の行く末を左右する大事な局面では、常に〝服部半蔵〟の名をもつ忍びの活躍《かつやく》があった。命を救われたことも一度や二度ではない。この数十年の歳月の積み重ねが、この鬼面の男に全幅《ぜんぷく》の信頼を生み出しているのである。

「こちらとて、家康様には先代より世話になっておりますゆえ。しっかりと恩《おん》を返させていただきまする」

厳密には〝服部半蔵〟とは、個人を指す名ではない。伊賀の頭領に代々受け継《つ》がれるものである。伊賀者の中でもっとも優秀な忍びが、鬼《おに》の面とともにその名を継承《けいしょう》するのだ。

この服部半蔵も、すでに次代の育成をしていると聞く。家康は、その次代が仕上がりしだい、息子である徳川秀忠《とくがわひでただ》の護衛につけようと考えていた。

伊賀最強の忍びである〝服部半蔵〟ならば、この先、末永く将軍家の盾《たて》となってくれるだろう。

服部半蔵は、「では」と家康を見上げた。

「今後の策《さく》をお伝えしておきましょう。私の言う通りに事を進めれば、必ずやあの大坂城を落とせるはず……」

服部半蔵の鬼面を見て、家康はごくりと息をのんだ。

鬼の面が、笑っている――。

なぜか、そんな風に思えてならなかった。

＊＊＊

真田丸での戦いから、はや数日が経過していた。

大坂城の内外では、真田十勇士の活躍《かつやく》の噂《うわさ》を聞かない日はなかった。なにしろ、あの徳川軍を返《かえ》り討《う》ちにし、見事に敗走させたのである。どこに行っても、十勇士たちは豊臣家を救った英雄《えいゆう》として称《たた》えられていた。

しかし、それはあくまで真田丸の外側の話。

内側――当の十勇士たちの間には、これ以上もないほどに、重苦しい空気が漂《ただよ》っていた。

「……納得いかねェなァ」

野盗《やとう》あがりの由利鎌之介が、露骨《ろこつ》に舌打《したう》ちをする。

この夜、十勇士たちは曲輪《くるわ》の中央でたき火を囲み、話し合いを行っていた。

師走《しわす》も半ば、まだまだ寒い頃合である。澄《す》み切《き》った夜気が広がる空間に、パチパチと薪《まき》の爆《は》ぜる音が心地よく響《ひび》いていた。

話の主題は、今回の戦《いくさ》の後に行われた、和議についてである。

真田丸の戦いで敗走した徳川軍は、豊臣家へと和議を申し入れてきた。それにより、徳川家康と豊臣秀頼との間でいくつかの条件を相互に提示した上で、停戦協定が結ばれることとなったのである。

しかし由利鎌之介は、その条件の内容が気に入らない様子なのだった。

「大坂城を守れたのは、どう考えてもこの真田丸のおかげだろうがよ。それなのに、なんだって豊臣の殿様は、『真田丸をブッ壊《こわ》せ』なんて無茶苦茶な条件をのんじまったんだ」

「豊臣の殿様というよりは、その母君……淀殿《よどどの》の意向やろうね」

海野六郎は、指先で眼鏡の支えを押し上げつつ、冷静に告げた。

「先日の戦《いくさ》の終わり際に、敵の大砲《たいほう》が一発、天守閣《てんしゅかく》に命中したやろ。結局、堀や出城があっても、遠くから大砲を撃たれたら意味ないと思ったんやろな。それに――あのとき、淀殿のお付きに何人か犠牲が出てしまったらしいで。そんで淀殿は、すっかりおびえてしまったそうや。一刻も早く停戦するために、徳川の条件をそのままのんだんやろ」

「なんだ？　婆《ばば》ぁひとりがビビったくらいで、徳川の言いなりになるしかねえってのかよ」

由利鎌之介の忌憚《きたん》のない言いように、穴山小助は「ちょっと」と顔をしかめた。

「鎌之介さん。そんな滅多《めった》なこと、大きな声で言うもんじゃないですよ。実質、今の豊臣家をしきっているのは淀殿なんですから。あの方に聞かれたら、どんな目に遭《あ》わされるかわかりません」

小助の言うことは正しい。

豊臣秀吉の死後、豊臣家の家督《かとく》を継《つ》いだのは息子の豊臣秀頼である。しかしまだ秀頼は年若く、求心力に乏《とぼ》しい。そこで政治や戦についての判断は、その母である淀殿が行うという形になっていた。

淀殿は、あの織田信長の姪《めい》ということもあり、非常に気位の高い女性だった。大坂城内にあってもその発言力は絶大。自分の意にそぐわぬ家臣を追い出すなど、日常茶飯事《にちじょうさはんじ》のことであった。要するに現状、豊臣家の誰もこの女性には逆らえないというわけだ。

由利鎌之介が「ちっ」と舌打ちをした。

「ふだん偉そうなくせに、肝心《かんじん》なところで小心者とはな。役に立たねえ腰抜《こしぬ》け婆《ばば》あだ」

小助も「だから……」と反論しかけたのだが、すぐに肩《かた》をすくめてしまった。小助自身もまた、心の中では淀殿のやり方には思うところがあったのだろう。

それは佐助も含《ふく》め、ここにいる誰もが同じことだった。

「徳川が要求してきたのは、この真田丸の破壊《はかい》だけじゃない。大坂城近くの他の砦《とりで》や、お

堀、二の丸なんかも、全部壊して更地《さらち》にしろって言ってきてるんだ」

とんでもない話だぜ——と、佐助が告げると、三好清海入道は「むう」と眉《まゆ》をひそめた。

「そんなことをすれば、大坂城が丸裸《まるはだか》になってしまうではないか」

「そうじゃのう兄者。本丸だけが残されたところで、どうしようもない。また攻め入られてしまえば、今度こそひとたまりもないではないか」

三好伊佐入道も、難しい顔で首を振っていた。

根津甚八が「あっ」と、なにかに気づいたように顔を上げる。

「もしかして徳川家康ってのは、最初《はな》から和睦《わぼく》なんてする気がねえんじゃねえのか？　大坂城が無防備になったところで、攻め入ってくるつもりだったりして」

「ああ、甚八の言う通りだと思う」

佐助もうなずいた。

「あの徳川の狸《たぬき》ジジイは、なにがなんでも天下を取るつもりだ。だいたい、今回の大坂城攻めだって、言いがかりみたいなもんから始まってんだからな。遅かれ早かれ、なんのかんのと理由をつけて、またしかけてくると思うぜ」

佐助の言葉を受け、筧十蔵がぼそりとつぶやいた。

「……徳川を信じるなど、愚《ぐ》の骨頂《こっちょう》」

この男が口を開くのは、非常に珍《めずら》しい。筧は笠《かさ》を目深にかぶったまま、じっと銃の手入れをしている。銃口《じゅうこう》に油を塗《ぬ》りながら、静かな声で続けた。

「……やつらは、人を人とも思わぬ悪鬼《あっき》だ。信じれば、裏切《うらぎ》られる……」

「なんだい。筧の旦那《だんな》も、徳川に裏切られた口なのかい？」

根津甚八はそうたずねたのだが、筧は答えなかった。また、むすっと黙《だま》りこくってしまう。そのたき火に照らされた横顔には、壮絶《そうぜつ》な恨《うら》みの念がこもっているようにも思える。

甚八は「まあいいか」と後ろ頭をかいた。

「とにかく、この状況じゃ和議なんて言葉は万にひとつも信用できねえってこったな。俺っちたちだけでも、戦いに備えておいたほうがいいかもしれねえな」

「また戦《いくさ》をやるのはいいが、本当に勝てんのかァ？」

由利鎌之介が、苛立《いらだ》たしげにつぶやいた。

「今回の戦《いくさ》で、豊臣の兵どももだいぶ疲弊《ひへい》しちまってる。丸裸《まるはだか》になった大坂城を、俺らだけで守れんのかって話だ」

「たしかに、次の戦はより過酷《かこく》なものになるやろうね」

海野六郎は、険《けわ》しい顔で告げた。

「今の徳川家は、全国ほとんどの武士を傘下《さんか》におさめとる。豊臣家がそんな徳川とかろうじて互角に戦えたんは、秀吉の遺した莫大《ばくだい》な金があったからや」

「天下人の遺産ってやつか。うらやましいこって」

「これまで豊臣家はそいつをバラまいて、なんとか戦える牢人《ろうにん》たちをかき集めていたってわけやね。せやけど、その金も無限やない。もう底が見えてきとる」

「次の戦は、豊臣の兵力には期待できそうもないってことかい？」

佐助の問いに、海野は「せやね」とため息をついた。

「豊臣を見限って、離れる将兵も少なくはない。みんなも命が惜《お》しいなら、この先のなりふり、考えた方がいいかもしれんよ」

根津甚八が、「そうだな」と肩《かた》をすくめる。

「まあ正直言えば、豊臣の若殿様や、淀殿《よどどの》の婆《ばあ》さんに命を預ける気にはならねえな。単純に言やあ、ありゃあ天下人の器じゃねえ。俺っちみたいな一介《いっかい》の旅芸人あがりでも、そのくらいわかるぜ」

根津甚八が、バッサリと告げた。

皆、甚八と同じようなことを考えているに違いない。誰も彼もが難しい顔を浮かべ、押《お》し黙《だま》ってしまった。自分たちの行く末を案じているのだろう。

静寂《せいじゃく》の中、真田丸じゅうに重い空気が広がっている。パチパチとたき火の炎《ほのお》が爆《は》ぜる音だけが、あたりに響《ひび》いていた。

＊＊＊

真田幸村が曲輪《くるわ》に姿《すがた》を現したのは、そんなときだった。

「皆、遅れてすまない」

幸村は着流《きなが》し姿《すがた》で、ゆったりと佐助たちのほうへと近づいてきた。

鎧兜《よろいかぶと》をつけていないときの幸村の姿は、相変わらず一軍の将とは思えない。特にここ数年は痩《や》せて頬《ほお》がこけてしまった分、そう思うことが多い。心労のせいだろうか。まるで、吹《ふ》けば飛ぶ枯《か》れ枝《えだ》のような印象だった。

「軍議が長引いてしまってな。なかなか抜《ぬ》けてこられずにいた」

幸村が、力なく苦笑した。

背後には、望月六郎の姿もあった。望月は幸村の付き人として、大坂城で控《ひか》えていたのである。この老武士も幸村にもまた負《ま》けず劣《おと》らずの疲《つか》れた顔で、幸村の後を三歩遅れてついてきていた。

「いやはや、老体には堪《こた》えるわい」

穴山小助が、幸村と望月に向けて「ご苦労様でした」と頭を下げた。

「して、どのような軍議だったのですか？」

「今後の徳川に対する身の振り方だ。豊臣家の家臣たちの間では、このまま徳川と協調しようという意見と、徹底抗戦《てっていこうせん》するという意見とで、真っ二つに分かれている」

「協調か、徹底抗戦か……ですか」

穴山小助が、難しい顔でうなずいた。

それをうけ、幸村が重々しく「うむ」とうなずきながら、たき火の前に腰《こし》を下ろす。

「秀頼様や淀殿《よどどの》は、徳川との和睦《わぼく》は成立したと信じこんでいるようだがな。それでも後藤又《ごとうまた》兵衛《べえ》殿や長宗我部盛親《ちょうそかべもりちか》殿など、和睦が最初から徳川の罠《わな》だと見抜いている将も少なくない。彼らは徳川の目を盗《ぬす》み、それぞれに開戦の準備を進めているようだ」

「なるほど、豊臣家も馬鹿の集まりじゃあねェってことだな」

由利鎌之介が、「ははっ」と唇《くちびる》をゆがめた。

その失礼な物言いをとがめるように、望月六郎がギロリと目を向けた。

「まったく、お主は本当に無礼な男じゃのう」

「悪ィな。生まれもった性分ってのは、そうそう変えられねェんだよ」

由利鎌之介は「そんで」と幸村に目を向けた。

「大将。あんたの答えは決まってるんだろ。当然、あの狸《たぬき》ジジイと全力で戦うつもりなんだよなァ？」

「ああ、そのことだが――」

幸村は、曲輪《くるわ》に集う全員の顔をじっくりと見回し、それからゆっくりと口を開いた。

「まずは私から、皆に伝えておくことがある」

「伝えておくこと？」

佐助は首をかしげた。

幸村の表情は、どこか固かった。あまり喜ばしくない話をするつもりなのかもしれない。

そして、そんな佐助の予想は当たっていた。

「真田十勇士は、今このときをもってお役御免《やくごめん》とする。この先はみな、それぞれの人生を歩むといい」

佐助は耳を疑った。自分だけではなく、この場にいる全員が驚《おどろ》いていたに違いない。みんな呆気《あっけ》にとられ、幸村を見つめている。

佐助は、「ちょっと待ってくれよ」と幸村に向かって声を上げた。

「幸村様だって、あの和睦《わぼく》が嘘《うそ》だってのは見抜いてるんだろ。この先、徳川軍が攻めこんでくるのは時間の問題なんだ。なんだってこんなときに……」

「こんなときだからこそ、だ」

幸村は、じっとたき火の炎《ほのお》を見つめている。

「この先の戦《いくさ》は、厳しいものになる。皆の力をもってしても、生きて帰れるとは限らない。私はもう、できれば誰の命も無駄《むだ》にしたくはないのだ」

幸村の悲しげな声色に、佐助は胸が痛くなるのを感じた。幸村は、才蔵が討《う》たれたことを心の底から悔《く》やんでいるのだ。強く握《にぎ》りしめたその拳《こぶし》には、息子同然の存在を失ったことに対する無力感がこめられているような気がした。

「応仁の乱より百五十年を経た。長らく続いたこの戦国の世は、まさに終わりを迎《むか》えようとしている」

幸村は炎を見つめながら、静かに語り出した。

「多くの武士たちが、己の信じる義のために散っていった。主君の名声、そして、守るべきもののために……。戦いの中で死ぬことは、武士にとっての名誉《めいよ》だと私は思う」

幸村は、「そうだな」と三好兄弟へと目を向けた。

清海入道、伊佐入道のふたりは、大きくうなずいた。彼らの元々の主君である石田三成も、関ケ原にて散った将のひとりである。

清海入道は遠い目で、星空を見上げていた。

「三成様は、亡き秀吉公への恩義《おんぎ》を果たすために、逆賊《ぎゃくぞく》・徳川家康を討《う》とうとしたのだ」

「敗れはしたものの、三成様の生き方には確かに義があった。我ら兄弟はその義を果たすために、幸村様のもとで再び戦いに身を投じることとした。徳川への復讐《ふくしゅう》が果たせるのなら、こんな命など――」

伊佐入道の言葉を、幸村は「それは許さぬ」とさえぎった。

「そなたらの命を、ここで散らすわけにはいかない」

「なぜだ！」

兄の清海入道が、声を荒らげた。キッと強い視線で、幸村をにらみつけている。

「戦いの中で死ぬことは尊いと、幸村様も今しがたおっしゃったばかりのはず。その想いは我らも同じ！　三成様の仇《かたき》を討《う》ち、戦いの中で華々しく散ることこそ本懐《ほんかい》よ！　なぜ幸村様は、それを認めてくださらない!?」

「石田三成殿が、そなたらの死を望んでいるとでもいうのか？」

幸村が問うと、清海入道は「それは……」と答えに窮《きゅう》した。伊佐入道も、憮然《ぶぜん》とした様子で黙《だま》りこくってしまっている。

「まともな主《あるじ》であれば、大事な配下の死を願いなどすまい。むしろ、できることなら生きていてほしいと思うはず。それはこの幸村とて同じことよ」

幸村は、「なあ」と海野六郎に視線をやった。

「海野。お前は現在の戦況《せんきょう》をどう見る」

「戦況ですか？」

「そうだ。豊臣と徳川が、再度このまま戦《いくさ》でぶつかりあえば、どうなるのか。お前の考えを教えてくれ」

海野は眼鏡を押し上げ、数秒、「そうやねえ」と考えこむそぶりを見せた。

「言葉に遠慮《えんりょ》はせんけど、それでよろしいやろうか」

「忌憚《きたん》のない意見で構わない」

海野は「ほな」と咳《せき》ばらいをして告げた。

「十中八九、勝つのは徳川やね。兵力もない、城の守りもない豊臣家では、攻められたら防ぎようがあらへん。圧倒的に不利な状況や。負け戦になるんは間違いないね」

勘定方《かんじょうがた》には、自軍や敵軍の戦力を客観的に分析《ぶんせき》する能力が求められる。海野六郎は、その冴《さ》えた分析眼《ぶんせきがん》と戦況把握能力《せんきょうはあくのうりょく》によって、兵糧《ひょうりょう》や武器弾薬《ぶきだんやく》を効果的に管理してきたのだ。

その海野が負け戦になると言うのなら、間違いはないのだろう。佐助も他の勇士たちも、それは薄々《うすうす》予感していたことではあったのだ。

穴山小助が、ごくりと息をのんだ。

「海野様。それは我々十勇士が全力をもって臨《のぞ》んでも、変わらぬ結果なのでしょうか」

「せやね。先の戦で向こうさんも、わいらの実力はきっちり把握《はあく》しとるはずや。敵に油断がない分、この前より戦いにくくなるやろうね」

穴山小助は「そうですか……」と声を落とした。自分たちは今、明日の命も知れぬ逆境にいる。その事実を明確に突《つ》きつけられ、衝撃《しょうげき》を受けているようだった。

佐助とて、小助と同じ心境だった。真田十勇士全員で力を合わせれば、徳川にだって勝てる。才蔵の仇《かたき》を打てる。そう信じていたかったのに。

幸村は、神妙《しんみょう》な表情で続けた。

「負け戦でむざむざ命を散らすことを、私は武士の義だとは思わない。ここにいる皆にはどうか、自身の命を大事にしてほしいと考えている」

「だから……俺っちたちをお役御免《やくごめん》にするってことですか？」

そうたずねる根津甚八に、幸村が「そうだ」とうなずいた。

「もちろん、今日まで命をかけてくれた恩には報いるつもりだ。十分な恩給《おんきゅう》も手渡す。しばらく生活に困《こま》るということはないはずだ」

「仮に俺っちたちが真田家を離れたとして、幸村様はどうするんです？」

「私は、なすべきことを、なすまでだ」

幸村の声には、強い覚悟《かくご》があった。豊臣家の将として、最後までその責を果たそうという覚悟だ。たとえ負け戦であっても、槍《やり》を手放すつもりはないのだろう。

まったく——と、佐助は思う。この人は本当に、不器用だ。仲間には「命を大事にしろ」というくせに、自分の命は顧《かえり》みようとはしない。

「私にとって、皆は家族だ。守るべき未来だと、私は思っている」

佐助は「未来？」と首をかしげた。

幸村は「そうだ」と大きくうなずいた。

「強大な敵にも臆《おく》することなく戦い、仲間のために涙《なみだ》を流す。皆はそんな、誇《ほこ》りある武士たちだ。そのあり方を後世へと伝えることこそ、私の果たすべき義なのだから」

佐助の胸の中で、なにかがはまった感覚があった。十年来感じていた疑問の答えが、ようやく見えた気がしたのである。

「未来……。そのために幸村様は、今日まで戦ってきたってことかい？」

佐助の問いに、幸村は「ああ」とうなずいた。

「極論すれば別に、誰が天下を治めることになっても構わぬ。徳川だろうと、豊臣だろうと……武士が誇《ほこ》りを忘れずに生きる世の中になれば、それでいいのだ」

それは、かつて父や兄と約束したことでもある――と幸村は言った。

主君のためではなく、さりとて自分のためでもない。真田幸村はただ未来に思いを伝えるために、戦場《いくさば》を駆《か》けてきたのだ。

私欲や私怨《しえん》のためでなく、ただ世の中のために物事に命をかけられる人間は、そう多くはない。そういうあり方だからこそ、真田幸村は「日本一《ひのもといち》の兵《つわもの》」と称《たた》えられているのだろう。

佐助はそう思う。

ようやく今になって腑《ふ》に落《お》ちることもあった。幸村が佐助や才蔵のような親のない子を引き取って育てていたのも、同じような理由だったのかもしれない。

佐助や才蔵は、幸村にとっての未来そのものだったのだ。

佐助は、胸の奥に熱いものがあふれてくるのを感じていた。

「幸村様が十勇士をお役御免《やくごめん》にするってんなら仕方ねえ。おいらはそれで別に構わねえよ」

佐助の答えに、勇士たちの何人かがぎょっとしたような表情を浮かべた。

由利鎌之介もそのひとりだ。「ちっ」と面白くなさそうに舌打《したう》ちをしてみせる。

「なんだ佐助。臆《おく》したのか」

「いいや。もう十勇士なんて関係ねえ。おいらはおいらの意思で、幸村様を守る。そう決めたんだ」

幸村は、自分たちを家族だと、未来だと言ってくれたのだ。実の父にも等しい人間である。そんな幸村を見捨てて逃《に》げるなんて、佐助にはできないことだった。

「もちろん、おいらは死ぬ気はねえよ。幸村様とともに戦って、必ず未来を守る。それなら文句はないだろ」

佐助が力強くそう告げると、幸村は「佐助……」とため息をこぼした。その目には、薄《う》っすらと涙が浮かんでいるようにも思える。

望月六郎も「うむ、うむ」とうなずいた。

「よく言った、佐助よ。この望月六郎も同じ想いじゃ」

そうして望月は、幸村に向かって深々と頭を下げた。

「この老骨《ろうこつ》にはもう、幸村様のおそばしか居場所がありませぬ。幸村様が守りたい未来のため、どうかともに槍《やり》を振《ふ》るうことをお許しくださいませ」

根津甚八が「なんだよ」と、笑いながら後ろ頭をかいた。

「俺っちが先に言いたかったのにな。佐助や望月のじいさんに先を越されちまったぜ」

「お前もか、甚八」

たずねる幸村に、甚八は「はい」と返した。

「俺っちはもともと、幸村様が日本一《ひのもといち》の兵《つわもの》だから信じてついてきたんです。この戦《いくさ》を生き抜けりゃあ、俺っちも日本一《ひのもといち》の芸人を名乗れるかもしれないって。たとえ負け戦が待っていようとも、その想いは変わらねえ。おそばにいさせてもらいますよ」

幸村は、言葉に困ったような表情を浮かべていた。

できれば戦いから遠ざけたいと思っていた家来たちが、むしろ進んで戦いに臨《のぞ》む意気込みを見せているのである。心境としては、複雑なものだろう。

「私だって、ともに戦います。死ぬつもりもありません」

そう言ったのは、穴山小助である。

「やはり幸村様は、父が言っていたとおりのお方でした。思慮《しりょ》深く、優しく、そして強い心を持つ兵《つわもの》……。幸村様がそういうお人だからこそ、我らはついつい、力を貸したくなってしまうのかもしれません」

「おお、そうだとも！」

三好清海入道が、胸を張ってみせた。

「幸村様は、こんな我らの命を思いやってくださったのだ！　それは武士として、最高の誉《ほまれ》をいただいたのと同じこと！　その想いには報いねばならぬ！」

「そうじゃのう、兄者！」

弟の伊佐入道が、「がっはっは」と笑いながら続ける。

「なあに、難しいことではないわい！　復讐《ふくしゅう》は果たしても、死ななければよい！　それだけのことじゃ！」

「みんな、前向きやねえ。そういうとこ、わいは好きやわ」

ふっと笑う海野六郎に、佐助はたずねた。

「海野、お前はどうするんだ。戦いから離れるのか？」

「いやいや、わいも最後までおともさせてもらうつもりや。もう幸村様からは結構な俸禄《ほうろく》をいただいてしまっとるからな。こんな中途半端《ちゅうとはんぱ》でドロンしたら、勘定方《かんじょうがた》の名折《なお》れや」

にっと笑う海野の横で、鎌之介が「ったく」と後ろ頭《あたま》をかいた。

「ほんとにいつも銭《ぜに》、銭、銭だな。おめえはよ」

「当たり前や。人生、財産が第一。幸村様のいう未来のためにも、今後もガッツリ財布のヒモは握らさせてもらうつもりやで」

あっけらかんという海野に、鎌之介は肩をすくめた。

海野六郎の守銭奴《しゅせんど》ぶりは、相変わらずである。負け戦だとわかっていながら、なお金のために戦おうとする。そういう意味ではこの男も、やはり勇士なのだと佐助は思う。

海野は「でも」と続けた。

「それは由利かて同じことやろ？　あんたかて、徳川連中から名刀を奪《うば》うためにここにおるって聞いたで」

「まあな。だが、俺が奪おうとしてるのは名刀だけじゃねえ。やつらが俺から奪《うば》ったモンを、奪い返そうとしてるだけだ」

「ほんなら、復讐《ふくしゅう》ってところか。昔の盗賊仲間《とうぞくなかま》の」

海野がたずねると、鎌之介は「そんなとこだ」とつぶやいた。

この鎌之介という男、口は悪いが、根っこの部分では仲間思いなのだと佐助は思っている。彼にとっての盗賊仲間は、なによりも大切なものだったのだ。それは佐助にとっての、才蔵や幸村と同じなのかもしれない。

みなそれぞれに、戦う理由がある。己の中の大事なものを守るために戦っている。

筧十蔵も同じだった。あの寡黙《かもく》な男も、じっと手元の火縄銃《ひなわじゅう》に目を落とし、手入れを続けている。それは「なにがあろうと戦い続ける」という強い意思に思えた。

鎌之介は「なあ大将」と、幸村に向けて口を開いた。

「十勇士が無くなろうが、俺様たちは今まで通りだ。勝手にやらせてもらうぜ。それで構わねえよなァ？」

「そうだな。私とて、お前たちの生き方を縛《しば》ることはできぬ。どうしても残りたいのならば、この場に残ってくれて構わない」

幸村が全員の顔を見回して告げる。

勇士たちは、誰もその場から去ろうとはしなかった。みな真田幸村を主として敬《うやま》い、ともに戦いたがっている。考えることは佐助と同じだった。

以前、望月に言われた言葉が胸に甦《よみがえ》る。「お主はひとりではない」と。その通りだったというわけだ。

幸村もやはり、仲間たちのそんな心意気が嬉しかったのかもしれない。「皆、恩に着る」と深々と頭を下げていた。

「お前たちこそ、日本一《ひのもといち》の兵《つわもの》よ。まこと勇士の名にふさわしい。どうか未来のため、その力を私に貸してくれ」

佐助らは声を合わせ、「応《おう》っ！」と応えた。曲輪《くるわ》じゅうに響《ひび》き渡《わた》るような団結の声である。

幸村も感じ入っていたようだ。その目の端《はし》に、きらりと光るものが見えた。

＊＊＊

「そうとなれば、さっそく戦《いくさ》の準備をせねばな」

幸村は、海野六郎に目を向けた。

「海野。お前の見立てでは、徳川はいつ攻めてくると考える？」

「せやね……少なくとも、大坂城の堀や出城の始末を終えた後やと思います。徳川家康が諸大名に協力を取りつける時間も考えるとなると、だいたい三ヵ月かそこら……夏の初めごろといったところやろうか」

「夏か。すると、そう猶予《ゆうよ》も無さそうだな」

来たる戦に向けて、考えなければならないことは多かった。兵力の補充《ほじゅう》や、兵糧《ひょうろう》、武器弾《ぶきだん》薬《やく》の確保。豊臣家の他の軍との連携《れんけい》など、盛りだくさんである。

加えて忍びである佐助には、徳川軍の動きを探るという役割もある。今のうちに、その算段もつけておかなければならない。

「才蔵がいりゃあ、こういうことも話し合えたんだけどな……」

そんな佐助のつぶやきは、他の者たちの耳には入っていないようだった。みな、次の戦いのことを話し合っている。その顔は、一様に真剣そのものだ。

ガハハ、と大口を開けて笑っているのは、三好兄弟くらいのものである。

「次は真田丸無しでの戦いか。過酷《かこく》な戦《いくさ》になりそうだ」

三好伊佐入道が、ぱきぱきと両手の骨を鳴らしつつ、「腕《うで》が鳴るな、兄者よ」と、清海入道の方に目を向けた。

清海入道も、「うむ」と力強くうなずいている。

「背水の陣《じん》こそ、血沸《ちわ》き肉躍《にくおど》るものよ」

三好兄弟は、相変わらず戦意に満ちあふれていた。さすが、打倒徳川のために長年の歳月を費やしてきた兄弟である。なんとも頼もしいことだ、と佐助は思う。

一方、この場では最年少の穴山小助は、浮かない表情で「ふう」とため息をついていた。パチパチと鳴るたき火の炎《ほのお》を、物思いにふける様子で見つめている。

佐助は気になって、小助に「どうした？」と声をかけた。

「戦《いくさ》が不安なのか？」

「いえ……。まあ、怖《こわ》くないと言ったら嘘《うそ》になりますけど」

どこか歯切れ悪い雰囲気《ふんいき》だった。小助は、言いにくそうに続ける。

「ただ、こういう状況だからこそ、十勇士全員がそろっていればな、と思ってしまって」

小助が、残念そうにうつむいた。

才蔵がいなくなってしまったことが、この青年には心細いのだろう。

それは、佐助も同じである。戦力としても相棒《あいぼう》としても、霧隠才蔵は唯一無二の存在だったからだ。

しかし佐助は、そういう感情をあえて表には出さないようにしていた。いなくなった才蔵の代わりに、自分が頑張らねばならない。これまで以上に皆を引っ張っていかねばならない。そう考えるようになっていた。

佐助は「心配するな」と、小助に笑みを向けた。

「おいらたちみんなで、才蔵の穴を埋《う》めればいい。なにも、ひとりで戦わなくちゃならないわけじゃないんだからな」

「佐助様……」

「まあ、望月のじいさんの受け売りだけどな」

佐助は、「へへ」と鼻を鳴らした。

たとえそんな受け売りの言葉であっても、今の小助にとっては多少の救いにはなったようだ。ふっと小さく、「ありがとうございます」と笑みを返してくる。

その笑みもまた、佐助にとっての救いになっていた。

そうだ。自分には大切な仲間がいる。もうこれ以上、誰も失ってなるものか――。パチパチと爆《は》ぜる薪《たきぎ》を見つめながら、佐助は、そんなことを考えていた。

＊＊＊

それから、数日ほど経った夜のことである。

佐助は真田丸を離れ、ひとり大坂城の本丸方面へと向かっていた。門の見張りを交代するためである。

門の見張りは、十勇士たちが交代で行うことになっていた。難攻《なんこう》不落《ふらく》の大坂城とはいえ、戦時下とあればなにが起こっても不思議ではない。それなりに戦える者が、本丸の守りについている必要があった。

ちょうど今は、望月六郎が見張りの番についているはずである。交代が来るのを、今か今かと待っているに違いない。

「遅れてじいさんに文句を言われる前に、早く行ってやらないとな」

屋外に出ると、すぐに師走《しわす》の寒さが襲《おそ》ってくる。佐助は、ぶるりと身を震《ふる》わせながら、望月の元へと急いだ。

きっとあのじいさんも、今ごろは寒さで震えていることだろう。早くたき火にあたらせてやらなければ。

そんなことを考えながら、佐助は足早に門へと向かう。

あたりの木々がざわめき、ミミズクがか細い声で鳴いている。なぜか佐助は、周囲の雰囲《ふんい》気《き》に違和感《いわかん》を覚えていた。

なんとなく、不吉な匂《にお》いがする。

佐助は焦《あせ》りを感じ、さらに小走りに城門への道を急いだ。

夜も更《ふ》けているので、あたりにはまるで人気《ひとけ》もない。それがそら恐ろしく、佐助の胸《むね》の中では言い知れぬ不安が掻《か》き立《た》てられていた。

息を押し殺しつつ、本丸の門前へとたどり着く。そこで佐助は、悪い予感が的中してしまったことを悟《さと》った。

「なんだ、こりゃあ……！」

地面に、おびただしい血が流れている。何者かが全身をめった斬《ぎ》りにされ、門柱に寄《よ》りかかっていたのである。

暗闇《くらやみ》に目を凝《こ》らせば、その人物の顔が見えてくる。それは、佐助もよく見知った人物だった。恐怖のあまり、心臓が、どくん、どくんと鳴《な》り響《ひび》くのを感じる。

佐助は息をのみ、血だまりの中に駆《か》け寄《よ》った。

「じいさん……!?　望月のじいさんか!?」

血まみれの人物――望月六郎は、ちらりと佐助の方に目を向けた。息も絶え絶えという様子で、力なく息を吐《は》く。

「佐助……か？　よく目が見えぬ……」

「じいさん、おいらだ！　誰にやられた!?」

「例の忍《しの》びじゃ……。鬼面《きめん》の男……」

望月の言葉に、佐助ははっと目を見開いた。鬼面の男――服部半蔵である。才蔵を殺し、佐助を含《ふく》む十勇士たちを手玉に取ったあの男が、この大坂城に忍びこんでいるというのだろうか。

「あの男以外にも、強い忍びがおった……。すまぬ……不覚をとった……」

「わかった。もういい、じいさん。無理してしゃべるな」

「佐助よ、幸村様を頼む。やつらを……」

「ああ、大丈夫《だいじょうぶ》だ。おいらが必ずなんとかするから……！」

佐助が叫《さけ》ぶように応えると、望月は、申し訳なさそうに目を伏《ふ》せた。

「悪かったのう……。お主らを最後まで守れんで……」

それで、最後の力を使い果たしてしまったのだろう。望月の首は糸の切れた人形のようにがくりと下がり、そのまま動かなくなってしまった。

「あ……ああ……あああ……」

佐助は拳《こぶし》を握《にぎ》りしめ、肩を震《ふる》わせた。

才蔵に続いて、望月まで――。大事な仲間を、またひとり失ってしまった。

望月六郎は、子どもの頃から佐助を見守ってくれていた存在である。実の家族のようなものだとすら思っていたのに。

今ここで、思い切り声を上げて泣《な》き叫《さけ》びたい。だが、そんな余裕《よゆう》はない。大坂城に、危機が迫《せま》っているのだ。

佐助は、潤《うる》んだ目を拭《ぬぐ》い、血だまりの中から立ち上がった。

「待ってろ、じいさん。幸村様には手出しをさせねえ」

門を抜け、大坂城内へと飛びこむ。武将たちの寝処《しんしょ》に向けて、全力で駆《か》け出《だ》したのだ。

このときの佐助は、矢よりも弾丸《だんがん》よりも速かっただろう。廊下《ろうか》を滑《すべ》るように走り、一足飛びで上階へと階段を駆《か》け上《あ》がる。

幸い佐助は、望月を手にかけた下手人たちの背中にすぐに追いつくことができた。

敵はふたり。ともに黒ずくめの装束《しょうぞく》を身に着けている。黒装束の男たちは、気配を消しつつ慎重《しんちょう》に城内を探っている様子だった。

「そこで止まれ！」

佐助が声を張り上げると、男たちが足を止めた。

振り返った男たちは、ふたりとも同じ面を身に着けていた。真田丸の戦いの折、佐助に雪《せつ》辱《じょく》を与えたあの忍びと同じもの——黒鬼《くろおに》の面である。

同じ面をつけた忍びがふたり。がっしりとした体格がひとり、もうひとりは女性のように華奢《きゃしゃ》な体格をしている。

がっしりとした体格の方は、以前やりあった服部半蔵だろう。もうひとりの男には見覚えがないが、とにかく敵であることに間違いはない。

服部半蔵が、佐助を見て「ほう」と感心の声を上げた。

「猿飛佐助。やはり来たか」

「服部半蔵だな！　望月のじいさんを斬《き》ったのはお前か!?」

佐助が問うと、鬼面の男——服部半蔵は「あの老いぼれか」と肩《かた》を小さく鼻を鳴らした。

「爺《じじい》の分際で『幸村を守る』『仲間を守る』だのなんだの、見苦しく槍《やり》を振り回していたな。あまりにも滑稽《こっけい》なので、少し痛めつけてから殺してやった」

服部半蔵の言いように、佐助は全身の血が沸騰《ふっとう》するのを感じた。この男だけは、絶対に許すわけにはいかない。

佐助は「この野郎っ！」と叫《さけ》びながら、服部半蔵に飛びかかった。そしてすかさず腰《こし》の村正を抜き、その首を狙《ねら》って振るう。

しかし、服部半蔵は余裕の態度だった。「ふん」と小さく鼻を鳴らし、佐助の横薙《よこな》ぎをなんなくかわしてみせる。

「無駄《むだ》だ。力の差は明白。貴様では我には勝てぬと、まだわからぬのか」

「ああ、そうだな。おいらじゃ勝てない。だったら――」

佐助は己の懐《ふところ》に手を入れ、火縄のついた小さな竹筒《たけづつ》の束を取り出した。火縄部分を金具でこすって着火し、すかさずそれを目の前に向かって放り投げる。

服部半蔵はとっさに身構えたが、空中で竹筒が弾《はじ》けるのを妨ぐことはできなかった。

パンパンパン、と甲高《かんだか》い音があたりに響《ひび》き渡《わた》る。

服部半蔵は、「ちっ」と舌打ちした。

「百雷銃《ひゃくらいじゅう》か！　小癪《こしゃく》な真似を……！」

佐助の投げた竹筒の束――百雷銃の中には、それぞれの竹筒にぎっしりと火薬が詰《つ》まっていた。殺傷能力はほとんどない忍具だが、引火して弾けた際の音は凄《すさ》まじい。

「こんだけ派手な音が出りゃあ、すぐ城内は騒《さわ》ぎになる。すぐに誰かが駆《か》けつけるぜ」

この百雷銃は、佐助が才蔵からその作り方を学んだものだ。もともとは敵にこちらが火縄銃を用いていると誤認させ、追い払うための忍具である。だがこうして単純に、爆音によって周囲の注意をひくためにも利用できるのだ。

服部半蔵が、憎々《にくにく》しげにつぶやいた。

「影に生きる忍びが、他人頼りとはな」

「望月のじいさんが教えてくれた。それがおいらの戦い方だ」

佐助は、服部半蔵の鬼面を、きっと強くにらみつけた。

「観念しろ、服部半蔵！　真田十勇士が、お前を倒す！」

「付き合ってはいられぬな。どのみちもう、目的は果たしたのだ」

服部半蔵は、横にいる華奢《きゃしゃ》な男へと顔を向けた。

「ここで脱出する。やつの足止めをしろ。貴様ならできるな」

「はい」

もうひとりの男は、うなずくなり右手で腰から刀を抜き放った。左手には、陶器製《とうきせい》の球体を握《にぎ》っている。なんらかの忍具のようだ。

男は、左手の球体を叩《たた》きつけるように床へとぶつけた。球体は音を立てて割れ、中からも、もうもうと白い煙《けむり》があふれ出してくる。

「これは……!?」

佐助ははっと目を疑った。廊下《ろうか》を覆《おお》い尽《つ》くそうとするこの白い煙には、見覚えがある。煙の量も濃さも、才蔵が用いていた〝霧隠〟と寸分違《すんぶんたが》わぬものだった。

敵が床を蹴《け》る音が聞こえる。煙に乗じて、攻撃をしかけてきたのだ。

佐助は煙の中で、息を止めて身構える。目を閉じて精神を集中させ、相手の気配を察するのだ。才蔵との修業中、何度も訓練して身につけた戦い方である。

背中の左後ろに、敵の衣擦《きぬず》れの音を察知《さっち》する。佐助はすぐさまそちらに向き直り、勢いよく相手に突進《とっしん》した。

敵も、佐助が突然自分の方に距離を詰《つ》めてくるとは思わなかったのだろう。佐助に胸倉《むなぐら》をつかみあげられ、刀を床に取り落としてしまっていた。

「さすがだな、佐助。俺の〝霧隠〟をものともしないとは」

それは、幼少期から慣れ親しんだ声色だった。佐助は耳を疑った。

「お前、いったい……!?」

佐助は敵の胸倉を片手でつかみあげたまま、もう片方の手をその顔へと伸ばした。鬼面をつかみ、そのまま力任せに剝《は》ぎ取《と》る。

面の下から現れた顔を見て、佐助は驚きの声を上げた。

切れ長の目元に、形のいい鼻や口。自尊心《じそんしん》の強さが現れたような、強い眼差《まなざ》し――それは、佐助が幼《おさな》き頃《ころ》から多くの時間をともにしてきた相棒《あいぼう》と、まるで同じ容貌《ようぼう》であった。

そこには、霧隠才蔵の顔があった。

まるで、夢か幻《まぼろし》かを見せられている気分だった。

才蔵はたしかに、真田丸の戦いの際に命を落としたはずである。あの服部半蔵に背中を刺《さ》されたのを、佐助はこの目で見ている。

その才蔵が、なぜ生きているのか。なぜ服部半蔵と同じ装束、同じ仮面をまとい、行動をともにしているのか。

佐助には、まるでわけがわからなかった。

目の前の謎《なぞ》の男——才蔵と同じ顔をした男も、佐助が混乱しているのがわかったのだろう。ふっと薄《うす》く笑った。

「前にも言ったな、佐助。俺の字は霧隠。こと隠形術《おんぎょうじゅつ》に関しては、右に出るものはいないと」

「その言葉……お前は本当に、才蔵なのか」

佐助は息をのんだ。この目の前の男は、佐助と才蔵が、その昔に交わしたやり取りを知っている。本人でなければ、とうてい知りえないことだ。

「隠形術って、どういうことだ。まさかお前はあの戦場《いくさば》で、自分の死を偽《いつわ》ったとでもいうのか？」

「そういうことだ」

相手は、当然のような顔でうなずいた。

あのとき背中を貫かれた才蔵は、確かに死んでいたはずだった。顔からは血の気が失せ、呼吸も心の臓の鼓動《こどう》も確実に止まっていた。佐助のみならず、他の十勇士たちもそれを確認している。

しかし佐助は、才蔵の隠形術が卓越《たくえつ》したものであることもまた知っていた。こと、身を隠す術に関して、この男はまさしく日本一《ひのもといち》といってもいい術者なのだ。

かつて才蔵自身から、フグ毒《どく》を利用した忍者薬のことを聞いたことがある。それを用いれば、呼吸や鼓動《こどう》を止めたまま、長時間仮死状態で過ごすことができるという。

それに加えて、牛や豚の血を入れた血袋《ちぶくろ》を用意すれば、流血だって思いのままである。これらの忍具を使えば、誰が見ても完璧《かんぺき》な死体のフリをすることができるだろう。

「あのとき俺は、背中を刺《さ》された演技をして倒れた。もともと服部半蔵との間で、そういう手はずがついていたのだ」

才蔵は、落ちついた声で続けた。

「お前たちに死んだと思わせる必要があったからな。戦《いくさ》が終わるのをやり過ごし、機を見て偽装《ぎそう》した死体に入《い》れ替《か》わった。そうすれば、霧隠才蔵は死んだことになる」

才蔵ならば、十勇士全員を欺《あざむ》くことは可能だった。その実力があるのは間違いない。

だが、それだけのことをする理由が、佐助にはまるで理解できなかった。

「なぜだ、才蔵。自分の死を偽《いつわ》るなんて、どうしてそんなことをした」

「知れたこと。豊臣の配下を抜け、本来の主《あるじ》にお仕えするためだ」

「本来の主《あるじ》、だと？」

そんな佐助の問いに答える代わりに、才蔵は、ぶんと腕《うで》を大きく振るった。胸倉《むなぐら》をつかむ佐助の手を、強引に振りほどいたのである。そのまま握《にぎ》りこぶしを作り、佐助のみぞおちを狙《ねら》って一発、鋭《するど》い拳打《けんだ》を放つ。

動揺《どうよう》していた佐助には、才蔵の拳を回避することはできなかった。その選択肢《せんたくし》すら頭に浮かんでいなかった。気づいた時には、才蔵の拳は佐助の腹に深くめりこんでいた。臓腑《ぞうふ》が引っくりかえりそうなほどの衝撃《しょうげき》だった。佐助は「がはっ」と胃の中の液を、口から吐《は》き出《だ》してしまっていた。

佐助は身をもって理解する。この重い一撃は、間違いなく才蔵のものだ。修業中、何度となくこの身に受けてきたからわかる。間違えるはずがない。

佐助はなすすべもなく、そのままばたりと床に倒《たお》れ伏《ふ》した。

才蔵は、そんな佐助を見下ろして冷たい言葉で告げた。

「俺の本当の名は、服部才蔵《はっとりさいぞう》だ」

「はっとり……⁉」

「甲賀者だった父を亡くし、真田幸村に拾われた――お前には以前、そう説明したな。だが、それは嘘《うそ》だ」

才蔵はそこで言葉を切り、神妙《しんみょう》な表情で佐助を見つめた。その顔は、佐助が今まで見たこともないくらい、暗い影《かげ》を帯びていた。

「俺はそもそも生粋《きっすい》の伊賀者。服部半蔵の名を継《つ》ぐものとして、徳川家に仕えている」

「伊賀者？　服部半蔵？　お前はなにを言っている……！」

戸惑う佐助の横合いから「くくく」と含《ふく》み笑いが響《ひび》いた。

鬼面の男――服部半蔵である。

「才蔵はもともと、我が血を引いた実の息子よ。幼《おさな》き頃《ころ》より、我が手ずから伊賀流の奥義《おうぎ》を叩《たた》きこんだ。間者《かんじゃ》として九度山に送りこむためにな」

「なんのために」

「無論、家康様の御為《おんため》に。真田幸村の家来として九度山に入りこみ、その動向を監視《かんし》する。

それが才蔵に与えた任であった」

そうだったのかと、佐助はいまさらながら納得する。

思えばこの服部半蔵は最初から、佐助のことを詳《くわ》しく知っている様子だった。祖父である白雲斎のことまで知っていたのである。それも、才蔵からもたらされた情報だったというわけだ。

佐助も頭ではそう理解できていたのだが――しかし、信じたくはなかった。才蔵が最初から敵だったなどと、簡単に納得できるわけがない。

「嘘《うそ》だろ、才蔵！」

佐助は、才蔵の顔を見上げた。ずっと長い間、親友だと思っていた男の顔を。

しかし当の才蔵は、佐助から視線をそらしてしまった。

「嘘ではない。俺はもともと真田幸村の敵だ」

「そんな……!?　おいらたちは、仲間だったはずだろ！」

才蔵は「いいや」と首を振る。

「お前との親交も、すべては仮初《かりそめ》のものにすぎない。いつかはこうして、お前と刃を交える日が来ると思っていた」

才蔵にはっきりと告げられ、佐助は激しい衝撃《しょうげき》を受けた。頭の中が、ぐわんぐわんと揺《ゆ》れている。天井も床も、目の前の黒装束の男たちも、自分を取り巻くすべてが、泡沫《うたかた》となって崩《くず》れ落ちていくのではないかと思えるほどに。

それは、今しがたみぞおちに受けた痛みの、何倍も耐《た》えがたいものだった。

だからこそ、佐助は気づかなかったのだ。服部半蔵の左袖《ひだりそで》に隠された矢筒《やづつ》が、自分を狙《ねら》っていることに。

次の瞬間、佐助は「ううっ」と呻《うめ》いた。肩口《かたぐち》に鋭い痛みが走ったのだ。

麻痺毒《まひどく》が身体をめぐっているのがわかる。全身に痺《しび》れが走り、身動きがとれない。

「〝影縛《かげしば》り〟か……！」

「これで動けまい」

服部半蔵は、才蔵に向き直ると、吐《は》き捨《す》てるように告げた。

「才蔵。始末しろ」

才蔵は、「は？」と眉《まゆ》をひそめた。

「佐助を殺すのですか？　今、この場で？」

「そうだ。もはやこやつに未練もなかろう。お前の手で、引導《いんどう》を渡してやるのだ」

服部半蔵は、腰《こし》をかがめると、足元に落ちていた刀を拾い上げた。その柄《え》を才蔵の方へと、突《つ》き出《だ》してみせた。

「この猿飛佐助、まだ年若いが、忍びとしての才能は一流だ。ゆくゆくは徳川家にとっても伊賀者にとっても、大きな脅威《きょうい》となろう。今のうちにその芽を潰《つぶ》すのだ」

しかし才蔵は、突き出された刀の柄《え》を受け取ろうとはしなかった。「恐れながら、父上」と声を震《ふる》わせている。

「佐助を始末するのは、こたびの計画には入っておりませんでした。この男との決着は、家康様の御前……いずれ戦場《いくさば》でつけるという話だったではございませんか」

「計画は変更する。今、この場で殺せ」

服部半蔵は、有無を言わさぬ勢いで才蔵に詰《つ》め寄《よ》った。

才蔵も、そんな服部半蔵の凄《すさ》まじい圧には逆らえなかったようだ。ごくりと息をのみ、「承知いたしました」と刀を受け取った。

「才蔵っ……！」

動きを封じられた佐助には、もはや才蔵を見上げることしかできない。

才蔵は、ぐっと唇《くちびる》をかみしめていた。どこか苦しげな表情のまま、刀を高く振り上げる。

「悪く思うなよ、佐助」

「才蔵！　お前、本当にこれでいいのか？」

「なに？」

「昔、言ってたじゃねえか。どっちが日本一《ひのもといち》の忍びか決着をつけようって。こんなやり方で、本当にいいのか？　自分の勝ちに誇《ほこ》りをもてるのか？」

「それは……」

才蔵の顔には、迷いの色が浮かんでいた。振り上げた刀の先が、ふるふると小刻《こきざ》みに震《ふる》えている。才蔵自身、ここで佐助を殺すことにまだ躊躇《ためら》いがあるようだ。

「才蔵！　お前、どうしてそんなやつに素直に従っている？」

「聞いただろう、俺は伊賀者の血筋《ちすじ》だと。服部半蔵は父であり、伊賀の頭領だ。その命令には、従わねばならない」

「命令だからって、どうしても従わなきゃダメなのか？　なにか他に理由があるんなら――」

そう佐助はたずねようとしたのだが、服部半蔵に「聞くな！」と言葉を遮《さえぎ》られた。

「なにを迷《まよ》うことがある！　この男は敵だ！　敵をすみやかに始末することこそ、伊賀者のあるべき姿《すがた》だ！」

「ですが父上」

「口答えをするな！」

服部半蔵が、右のこぶしで才蔵の頬《ほお》を殴《なぐ》りつけた。鈍《にぶ》い音が響《ひび》き渡《わた》る。

殴られた才蔵は「ぐっ」と苦悶《くもん》の声を上げ、廊下の床に尻《しり》もちをついた。

才蔵は、それ以上反抗する気を失ってしまったようだった。鼻から血を流したまま、捨てられた子犬のような目で、じっと床を見つめているだけである。

「役に立たぬ餓鬼《がき》め」

服部半蔵は「もうよい」と、才蔵の刀に手を伸ばした。

「我が引導を渡してやる。刀をこちらに――」

と、そのときだった。

「そこまでだ」

低く、底冷えのするような声が響《ひび》いた。

「私の大切な子らに、手を出さないでもらおうか」

真田幸村が、十文字槍《じゅうもんじやり》を手に服部半蔵をにらみつけている。佐助の百雷銃《ひゃくらいじゅう》の音を聞き、急ぎ駆《か》けつけてきたのだろう。胴丸も身に着けず、薄手の夜着《よぎ》のままの姿《すがた》である。

才蔵が、はっとした顔で幸村を見上げた。

「才蔵。事情はわからぬが、よく生きていてくれた」

「違います、幸村様。俺は——」

才蔵が言い終わる前に、幸村は服部半蔵へと槍を突《つ》きつけていた。

「下がっていろ才蔵。この忍びは、私が食い止める」

服部半蔵は、「ふん」と深いため息をついた。

真田幸村か…貴様を殺すのは容易《たやす》いが
この場での暗殺は家康様の望むところではない
ならばどうする
こうするまでよ!

火車の術!?
むんっ!
オレと来いっ! 才蔵《さいぞう》!
……!

才蔵は一瞬《いっしゅん》の逡巡《しゅんじゅん》を見せたものの、その命令に従うことを選んだようだ。立ち上がり、父親の背を追って逃走《とうそう》を始める。黒装束《くろしょうぞく》の姿《すがた》は、すぐに見えなくなった。

その代わり、城の廊下《ろうか》はにわかに騒《さわ》がしくなった。ようやく危機を察知した詰《つ》め所《しょ》の兵たちが、「曲者《くせもの》だ！」「であえ！　であえ！」と叫《さけ》んでいるのである。

真田幸村は、ふうっと大きく息を吐《は》いた。槍《やり》を下ろし、佐助を見る。

「怪我はないか、佐助」

「ああ、面目ねえ。痺《しび》れ毒《どく》を食らっちまっただけだ」

佐助は、ゆっくりとうなずいた。まだ身体が痺れてはいるものの、まったく身動きできないほどではない。

「そんなことより、望月のじいさんが……！　才蔵も敵になっちまったし……！」

「いろいろと厄介《やっかい》なことになっているようだな」

幸村は険《けわ》しい表情を浮かべつつ、佐助に手を差し伸べた。腕《うで》を引っ張り上げ、肩《かた》を貸すようにして立ちあがらせる。

「まずは手当をしよう。なにがあったのか、詳《くわ》しく聞かせてくれ」

＊＊＊

大坂城内に設けられた真田幸村の私室は、豊臣家を支える武将のものとは思えぬほどに殺風景なものだった。

布団が一枚と、粗末《そまつ》な物書き用の机がひとつあるだけ。九度山の屋敷《やしき》同様、幸村の質素な性格が出ているのだろう。

佐助は幸村の前に座り、今夜起こった出来事を事細かに報告していた。

望月六郎が、服部半蔵の手にかかって命を落としたこと。そしてその服部半蔵には息子がおり、それが死んだはずの霧隠才蔵だったということ。才蔵はもともと間者《かんじゃ》として真田家に潜《もぐ》り込《こ》んでおり、諜報活動《ちょうほうかつどう》を行っていたということ――。

話している佐助自身、これらすべてが本当に起こったことなのか、疑わしくなってしまうような出来事ばかりであった。

幸村は話を聞き終え、「そうか」と眉《まゆ》をひそめている。

「我々はあの服部半蔵に、まんまとしてやられた、ということだな」

「ああ。結局、望月のじいさんも守れなかった」

佐助は、「ちくしょう」と床に目を落とした。

「おいらがもうちょっと早く、気づいてさえいれば……」

「佐助、気に病むな。お前のせいではない」

幸村は、神妙《しんみょう》な顔で首を振った。

「幸い、大坂城内に他の死傷者はいない。それも、望月とお前が服部半蔵を食い止めてくれたからだ。発見がもう少し遅れていたら、さらに被害が大きくなっていた可能性もある」

「それは……そうかもしれねえが」

佐助は、「はあ」と深いため息をついた。

幸村の気遣いはありがたかったが、割り切るのは難しい。望月の死も才蔵の裏切りも、受け止めるには重すぎるものだった。

「あの才蔵が、おいらたちを裏切《うらぎ》ってたなんて……。みんなにどう説明すりゃいいんだ」

「確かに、才蔵の告白は衝撃的《しょうげきてき》なものだった。あの服部半蔵の手の者だったとはな。それを見抜けなかったことには、私も責任がある」

幸村は「だが」と、真剣な顔で続けた。

「よかったこともあるだろう？」

「よかったこと？」

「才蔵が、生きていてくれたことだ」

幸村の言葉には、なにひとつ含《ふく》んだところはなかった。目を細め、安堵《あんど》に頰《ほお》をほころばせている。ただ心から、才蔵が生きていたことそれ自体を喜んでいるようだった。

佐助は思わず「どうして」とたずねていた。

「どうして幸村様は、そう素直に喜べるんだ？　才蔵はもう、おいらたちの敵になっちまったってのに」

「難しいことはない。敵だろうが何だろうが、才蔵は、私たちの家族だからな」

幸村は、ふっと小さく微笑《ほほえ》んでみせた。

それは幸村が、昔から言っていたことだった。佐助も才蔵も、大事な自分の息子のようなものだ、と。

その気持ちは、幸村の中で一切揺《ゆ》らいでいないのだろう。たとえ才蔵が徳川勢に与《くみ》していても、幸村は才蔵を家族だと思っている。

「私にも血を分けた兄がいてな。名を信之《のぶゆき》という」

どこか遠い目で、幸村は口を開いた。

「十数年前の関ヶ原の合戦のおり、兄の信之は東軍の徳川家につき、私や父は西軍の石田側につくことになった。兄弟で、別々の陣営《じんえい》で戦うことになったのだよ」

「兄弟で？　なんでそうなっちまったんだ？」

「真田家を存続させるためだ。兄弟で東軍西軍に分かれれば、どちらが勝とうとも真田家は存続することができる。武士の未来に義を示すという役割は、生き残った者が果たせばよい。私も兄も、そう考えていた」

先日、幸村自身が言っていたことだ。誰が天下を取ろうと構わない、と。

真田家にとって重要なのは、天下を取ることではなかった。武士としての在り方を未来に伝えることだったのだ。だからこそ真田兄弟は、その目的を果たすため、兄弟で敵同士になるという選択をしたのである。

真田家のあまりにも苛烈《かれつ》な生き方に、佐助は驚《おどろ》きを感じていた。誰もが選べる道ではない。よほどの覚悟《かくご》がなければできないことだろう。

幸村は「そして」と続ける。

「結果として関ヶ原では、東軍が勝利することになった。兄は徳川の臣下として名を上げることになったわけだ」

「そういや前に聞いたな。幸村様が九度山に流されてたのは、関ヶ原で負けたせいだって」

「本来ならば私も父も、死罪になるところだった。ところが、兄が助命の嘆願《たんがん》をしてくれたのだ。どうか父と弟の命だけは許してほしい、と」

「そんなことが……」

「私が今ここにあるのは、兄のおかげだ。たとえ徳川の配下だろうと、私にとってはかけがえのない存在だと思っている」

現在、幸村の兄である真田信之は、病に臥《ふ》せっているらしい。

戦場で顔を合わせずに済むのは、幸か不幸かわからないが——と、幸村はどこかほっとしたような顔で続けた。

「家族の絆《きずな》は、いついかなるときでも決して揺《ゆ》らがない。たとえ敵味方に分かたれようともな。私はそう信じている」

強く断言する幸村の姿に、佐助は思わずはっとさせられてしまっていた。

つい先ほど、才蔵は佐助を斬《き》るのをためらっていた。服部半蔵に殺せと命じられても、最後まで刀を振り下ろそうとはしなかった。

佐助にとっての才蔵もまた、幸村にとっての兄と同じなのだ。たとえ敵だったとしても、佐助の身を案じてくれている。

「そうだよな……。敵だとか味方だとか、難しく考えすぎてたのかもしれねえ。おいらにとっても、才蔵は家族みたいなもんだ。それは変わらねえ」

佐助が顔を上げたのを見て、幸村も笑みを浮かべている。

「これからどうするつもりだ、佐助よ」

「おいらも幸村様たちと同じだ。たとえ敵味方に分かれていようと、家族のために出来ることをする」

佐助の答えに、幸村は「そうか」と満足そうにうなずいた。

「いい顔だ。思えば私は、お前のそういう顔を見るために、今まで槍《やり》を振《ふ》るってきたようなものなのかもしれないな」

まるで独り言のような幸村の言葉に、佐助は胸がいっぱいになるのを感じていた。

幸村は、佐助に武士の未来を見ているのだ。そしておそらくは、才蔵にも。

その想いを、無駄《むだ》にするわけにはいかない。

幸村は、柔《やわ》らかい表情でその場から立ち上がった。

「さあ、明日からまた忙《いそが》しくなりそうだな。徳川との決戦の日は近い。才蔵もきっと、そこに現れるはずだ」

佐助の脳裏《のうり》に浮かぶのは、才蔵の顔だった。刀を振り上げ佐助を見下ろしていた、つらそうに歪《ゆが》んだ顔。あいつがあんな顔をしている姿《すがた》を、もう見たくはない。

佐助は、ぎゅっと拳《こぶし》を握《にぎ》りしめた。

「ああ。今度は迷《まよ》わねえ。あの馬鹿を、服部半蔵ごとぶっ飛ばしてやる」

第四章

幸村や十勇士たちの予想は、ほぼ当たっていた。

ほどなくして徳川家康は、やはり豊臣家へと戦《いくさ》をしかけてきたのだ。先の真田丸の戦いより、わずか三ヵ月後。ちょうど大坂城の堀《ほり》がすべて埋《う》まり、真田丸や他の出城、砦《とりで》の類《たぐい》をつぶし、大坂城が裸《はだか》の城となった頃合のことである。

この頃の豊臣家は、城の守りの代わりに、武器や弾薬《だんやく》、兵糧《ひょうろう》などを集めることで守りを固めようとしていた。

徳川家康は、そのことに目をつけたのである。

「和議が成立したにもかかわらず、豊臣家には不穏《ふおん》な動きがある。これは徳川家に対する明らかな敵対行為である。速やかに大坂城を明け渡し、武力解除せよ」

大坂城の守りが無くなった時点で、そんな言いがかりをつけてきたわけである。家康ももはや、天下を取るためになりふり構ってはいないということだろう。江戸から再び軍を率いて、大坂へと進軍してきたのだ。

一方、宣戦布告を受けた豊臣家は、いまや玉砕覚悟《ぎょくさいかくご》の様相を呈《てい》していた。兵を必死にかき集めても、約八万しか集まらない。これは、十五万五千の兵を擁《よう》する徳川方の半分程度だった。豊臣軍は、これを丸裸《まるはだか》の大坂城で迎《むか》え撃《う》たねばならない。

この戦に勝利の目などほとんど残されていないというのは、まともな将であれば簡単に予想できたことだ。豊臣家存続を第一に考えるなら、この時点でなんとか和睦《わぼく》に持ちこむという手も考えられたところである。

しかし豊臣秀頼の母、淀殿《よどどの》は、そうは考えなかった。かつての天下人の奥方であるという事実が、負けを認めることを許さなかったのかもしれない。

「天下を治めるにふさわしいのは豊臣家。なんとしてでも、あの不敬なる家康の首を取れ」

そう豊臣家の全軍に通達し、戦《いくさ》が始まった。

それが慶長二十（一六一五）年の四月の末日。戦国時代最後の大戦《おおいくさ》——大坂夏の陣である。

徳川軍は数を頼りに、破竹の勢いで前線を押し進めていく。豊臣方は後藤又兵衛《ごとうまたべえ》や木村重成《きむらしげなり》といった有能な重臣たちを次々と失い、徹底的《てっていてき》に追《お》い詰《つ》められてしまっていた。

残された切り札は、真田幸村と、その配下の勇士たちのみ。

慶長二十（一六一五）年、五月七日。徳川軍に完全に包囲された大坂城にて、真田幸村とその仲間たちは、最後の戦いに挑《いど》むのであった。

＊＊＊

穴山小助は、決死の覚悟で大薙刀《おおなぎなた》を振《ふ》るっていた。

「はあっ……はあっ……」

すっかり息は上がり、鼓動《こどう》は早鐘《はやがね》のように鳴《な》り響《ひび》いている。

戦の始まりから、すでに一刻（約二時間）ほどが経過していた。小助もすでに、かなりの敵兵を打ち倒しているのだが、いっこうに楽になる気配はない。斬《き》っても斬っても、敵は洪《こう》水《ずい》のように押し寄せてくる。

ここは、大坂城本丸の城門前である。豊臣方からすれば最後の壁《かべ》であり、徳川方からすれば最大の攻撃目標《こうげきもくひょう》である。小助は現在、この最大の激戦区で戦闘《せんとう》を行っている。

心が折れそうになるのを、必死の思いで食いしばって耐《た》えていた。

「才蔵様も、望月様もいないんだ。ここはなんとか、私が食い止めないと」

自分の肩《かた》には、父の期待もかかっているのだ。ここで無意味な討死《うちじに》をすれば、穴山小兵衛の名に泥《どろ》を塗《ぬ》ることになる。そうならないためにも、全力で与えられた役割を果たさなければならない。

小助のすぐ背後では、真田幸村がかかんに十文字槍《じゅうもんじやり》を振るっていた。

「勇士たちよ、恐れるな！　徳川の連中に、意地を見せてやるのだ！」

小助は「はい！」とうなずき、大薙刀で敵の波を打ち払った。目の前の徳川兵たちが、三人まとめて声もなくその場に倒れる。

幸村が、「いいぞ」と言わんばかりに小助に向かってうなずいた。

「私たちがここを守り切れば、必ず策《さく》はなる。今は辛抱《しんぼう》のときだ」

「わかりました。佐助様たちのためにも、必ず――」

小助が息を整えているところに、馬の蹄《ひづめ》の音が聞こえてきた。敵将のひとりが大太刀を振り上げ、門に向かって突《つ》っこんできたのである。

「我が名は徳川家直参、小塚玄斎《おづかげんさい》！　真田幸村、その首もらい受ける！」

名乗りを上げた武将は、髭面《ひげづら》に、肥《こ》え太《ふと》った体格の中年武者であった。口の端《はし》を歪《ゆが》ませ、醜悪《しゅうあく》な笑みを浮かべている。

武功を上げるために、幸村を狙《ねら》ってきたのだろう。五名からなる騎馬兵《きばへい》を引き連れ、馬で

強引に突撃《とつげき》をしかけてきたのである。

小助と幸村が身構えたそのときだった。

パン！　と火薬の弾《はじ》ける音が響《ひび》き渡《わた》り、小塚玄斎の乗る馬はいななきを上げた。銃弾《じゅうだん》が命中したのだろう。でっぷりと太った巨体は馬から投げ出され、地面に叩《たた》きつけられた。

「ぐううっ！　な、なんだと！」

小塚玄斎が身悶《みもだ》える一方で、パンパンパン、と銃声が続けて鳴り響いた。撃たれた騎馬兵《きばへい》たちが、次々に落馬していく。

これだけ短い間隔《かんかく》で正確に火縄銃《ひなわじゅう》の射撃ができる人間を、小助はひとりしか知らない。

「筧様《かけい》！」

小助が振り向いた先には、筧十蔵の姿《すがた》があった。

筧は笠《かさ》を目深に被ったまま、火縄銃を構えている。その銃口《じゅうこう》は、地に倒れた小塚玄斎へとまっすぐに向けられていた。

「う、撃つな！　やめろ！」

小塚玄斎は地面に尻《しり》もちをついたまま、身体を強張《こわば》らせていた。筧の銃口に狙《ねら》われ、おびえているのだ。まるで蛇《へび》ににらまれたカエルのように、真っ青に凍《こお》りついている。

筧は相手に近づきつつ、ぼそりとつぶやいた。

「……菊松村《きくまつむら》のことを、覚えているか」

「き、菊松村だと!?」

「五年前、貴様が焼き滅ぼした村だ。幕府の国廻《くにまわ》りと偽《いつわ》って入りこみ、村人を虐殺《ぎゃくさつ》した。見つかった銀山を独《ひと》り占《じ》めするために」

筧の言葉に、小塚玄斎ははっと目を見開いた。どうやら、心当たりがあったらしい。

「あ、あれは……上様のためにやったこと！　そもそも、しみったれた貧乏集落《びんぼうしゅうらく》の村人ぶぜいなどに、銀など不要だからな！」

「俺もその、しみったれた村人のひとりだ。妻や子の命を容赦《ようしゃ》なく奪《うば》った貴様を、俺は決して許さない」

筧が火縄銃《ひなわじゅう》の銃口を引き絞ろうとしたそのとき、小塚玄斎が声を張り上げた。

「お前たち、あいつを斬れっ！　叩《たた》き斬《き》れっ！　斬った者には褒美《ほうび》を出す！」

その声に、周囲の徳川兵たちが動いた。五人、十人、十五人……。かなりの人数だ。彼らは、小塚玄斎を守るように槍《やり》を構えている。

「筧様、危ない！」

小助も応戦しようと薙刀《なぎなた》を振るったのだが、敵兵の槍《やり》に止められてしまう。

幸村も同様だった。筧に手を貸したくても、目の前の敵に妨害され、それどころではない。

いかんせん敵の数は多い。忠誠心《ちゅうせいしん》ゆえか、褒美《ほうび》という言葉に心を動かされているのか、筧を斬ろうと目を血走らせている。

だが、筧にひるむ様子はまるでなかった。冷静に火縄銃を放ち、ひとり倒しては次の銃に持ち替える。得意の早撃ちで、次々と敵兵を倒しているのだ。

「くそっ……！　なんだこの男はっ！」

「これが真田の勇士か!?　ひとりでこれだけの数を相手にするなんて！」

うろたえる徳川兵たちに、次々に鉛玉《なまりだま》の洗礼が浴びせられる。

しかし、そんな筧の快進撃も長くは続かなかった。さすがにこれだけの数を相手にしては、火縄銃の替《か》えも尽《つ》きる。ついに筧の籠《かご》には、最後の一丁を残すのみとなってしまった。

敵は弾《たま》切《ぎ》れだ
全員でかかれ！

バッ
ダメだ筧《かけい》さん!
そんな無茶はやめてください!
うごー!
ゴッ
ひいいいっ!
か、金ならやる…!
わしが上様に口を聞いて、お前を出世させてやる!だから命だけは——!

ドフーン
ヨロ…

小春…
弥《や》太《た》郎《ろう》…
今逝《い》く……

それも仕方ない、と小助は思う。あれだけの大怪我《おおけが》を負って、ここまで動けたのは執念《しゅうねん》のなせる業だ。手当をしたところで、もはや助かるまい。

しかしそれでも、地に倒れた筧の顔は、これまでに小助が見たこともないほど晴れやかなものだった。

仲間を見送るのはつらいことだ。だがきっと筧は、長年の復讐《ふくしゅう》をとげ、満足することができたのだろう。小助にとっては、それだけが救いだった。

＊＊＊

筧十蔵の壮絶《そうぜつ》な死は、周囲で戦う仲間たちにも大きな衝撃《しょうげき》を与えていた。

真田幸村も、敵と槍《やり》で打ち合いながら、つらそうに首を振っている。

「筧は本懐《ほんかい》をとげたか。誠の勇士であった」

由利鎌之介も、「ちっ」と舌打ちをする。

「ったくよォ。筧のやつ、無茶しやがって」

鎌之介は鎖《くさり》つきの分銅を器用に操《あやつ》り、敵兵とやりあっていた。鎖で足の自由を奪《うば》い、それから鎌で首を狙《ねら》う。

相変わらず流れるような連撃だが、その顔には疲労《ひろう》の色が見える。

「先に地獄《じごく》で待ってろ。俺様ももうすぐ逝《い》くからなァ……」

「逝っちゃダメですよ！　もうこれ以上、誰が死ぬのも見たくありません……！」

小助が顔をしかめると、鎌之介は唇《くちびる》の端《はし》を吊《つ》り上《あ》げた。

「しょうがねェだろ。敵はこの量だ。死ぬ気でかからねえと、どのみち全滅《ぜんめつ》しちまう」

「ああ、由利の言うとおりやな」

背後から、海野六郎の声が響《ひび》いてきた。

「誰かが無茶せんと、この状況はどうにもならへんで」

「海野様……!?　どうしてここに？」

小助は目を丸くした。海野が門の中から現れたからである。

真田家の勘定方《かんじょうがた》である海野は、本来後方で武器弾薬《だんやく》の管理をするのがその役目なのだ。

この男がこうして戦場に出てくるのは、普通ではない。

幸村も槍《やり》を握《にぎ》りつつ、海野に怪訝《けげん》な目を向けていた。

「海野、ここでなにをしている」

「この局面で、自分だけ安全なところにいるわけにはいかへんやろ。わいもな、一番大事なモンを守りに来たんや」

「一番大事なもの？」

海野は「せやで」と、羽織っていた外衣を脱《ぬ》ぎ捨《す》てた。

その身体には、大量の土器の玉が縄でくくりつけられていた。玉は大小合わせて三十ほど。腕《うで》にも足も腹にも、全身いたるところに装着《そうちゃく》されている。

海野のそんな異様な状態に、小助は息をのんだ。

「海野様、それって」

「焙烙玉《ほうろくだま》や。まあ、簡単に言えば爆薬やな」

「爆薬!?」

「手投げで使えん不良品ばかりが蔵に余っとってな。使わんのももったいないやろ。せっかくやから、派手に使ったろと思ってな」

全身に爆薬をくくりつけた海野が、にっと小助に笑いかけた。それはふだん、算盤《そろばん》を弾《はじ》いているときと同じような、どこか楽しげな笑みである。

「手投げで使えないって……そんなものを身体にくくりつけて、どうする気なんですか」

「心配あらへん。こいつをどこで爆発させるのが一番効果的かは、すでに考えとる。わいは戦いは苦手やが、計算だけは得意やからな」

小助は息をのんだ。海野はこの爆薬を用いて、とんでもないことを企《たくら》んでいる。

由利鎌之介が、「おい」と海野をにらみつける。

「なに物騒《ぶっそう》なこと考えてやがる。てめえが一番大事なのは、財産なんじゃなかったのか？」

「そうやね。一番大事なのは財産や。せやかてそれは、銭《ぜに》のことだけやない」

「どういう意味だ」

「幸村様や、十勇士のみんな――ここまで苦楽をともにしてきた仲間たちこそ、わいの財産なんや。それこそ、命よりも大事に思うとる」

そういう海野を、幸村はまっすぐに見《み》すえていた。

「止めても無駄《むだ》なのだな」

「せやね。幸村様の言っとったように、わいも未来に義を示したいんや」

わいだって、真田十勇士の端《はし》くれやからね——海野はそう言って笑い、前方へと向けて走り出した。

「さあさあ、爆薬が通るで！　死にたくなければ、道を空けえやあっ！」

焙烙玉《ほうろくだま》を全身にくくりつけた海野が、猛然《もうぜん》と戦場を駆《か》けはじめた。

徳川兵たちは「なんだあれは!?」とぎょっとした表情を浮かべている。さすがに爆薬には恐怖《きょうふ》を感じたようで、誰ひとりとして海野を止めることはできなかった。

海野が目指したのは、本丸南側の石垣《いしがき》である。

この石垣は、大坂冬の陣の和睦《わぼく》によって半壊《はんかい》させられている。石垣に、人が通行できるように大きな穴を開けることを余儀なくされてしまったのだ。

徳川軍は、首尾よくこの穴を通り、本丸へと攻め入ってきているというわけである。

石垣の穴にたどり着き、海野は頭上を見上げた。崩《くず》れかけた石垣の上部が、不安定にぐらついているのが見える。

「こういう中途半端な壊《こわ》し方、わいはそもそも好かんかったんや」

海野はにっと笑い、手にした火打ち金を、両手で打ち鳴らしはじめた。カツン、カツンと火花が散る。

それを見て、徳川兵たちが一斉に顔を青ざめさせた。

「と、止めろ！　誰か早く、あの男を止めろ！」

海野は「遅い遅い」と笑みを崩《くず》さなかった。

「さあて、派手に行こうか！」

海野が笑い声を上げるのと同時に、その身にくくりつけられていた焙烙玉が弾《はじ》け飛《と》んだ。

爆炎《ばくえん》が巻き起こると同時に、地鳴りのような轟音《ごうおん》があたりに響《ひび》き渡《わた》る。なにしろ三十以上の爆薬が、誘爆《ゆうばく》により一気に爆発したのだ。離れていても、その熱波で火傷をしそうなほどだった。

自爆——海野の見せた覚悟《かくご》に、小助はすっかり言葉を失っていた。

＊＊＊

激しい爆発の閃光《せんこう》とともに、多くの敵兵が爆発に飲みこまれていた。

逃げるどころか、悲鳴を上げる暇《いとま》すらなかっただろう。海野とともに、ざっと百人近くは吹《ふ》き飛《と》んだと思われる。

「凄《すさ》まじい生き様だった」

幸村は、どこか暗い表情でつぶやいた。

「しかも海野は、ただ爆薬で敵を道連れにしたわけではない。爆発によって、あの石垣《いしがき》を完全に崩《くず》している」

小助は「あっ」と目を丸くした。

幸村の言う通りだった。海野の自爆によって石垣は完全に崩れ、ちょうど穴がふさがる形になっていた。あれを乗り越えるのは、至難の業だろう。

「あれなら、徳川軍の増援を防ぐことができますね」

「うむ。ある程度は時間を稼《かせ》げるだろう。我らにとってはありがたいことに」

「さすがは海野様……そこまで考えていただなんて」

小助は感嘆《かんたん》のため息をもらしていた。あの冷静な勘定方は、平時においても戦時においてもも、間違いなく真田家の頭脳であった。

他に方法がなかったとはいえ、惜《お》しい仲間を亡くしてしまった。

「本当に、私たちを守ってくれたんですね。命がけで」

由利鎌之介は「おい、小助」と鎖鎌《くさりがま》を構え直した。

「ぼうっとしてんじゃねえ。敵はまだわんさかいやがるんだ。海野の覚悟《かくご》を無駄《むだ》にするわけにはいかねェだろうが」

鎌之介の視線の先には、こちらへと突っこんでくる徳川兵たちの姿《すがた》があった。爆発を免《まぬが》れた者たちだ。この本丸の門前には、まだ五十近くの兵が生き残っている。

仲間を失った怒りに駆《か》られているのか、ぎらついた目で幸村をにらみつけていた。

「おのれ、真田幸村め！」

「徳川に勝てるはずがないというのに、無駄な抵抗をしてみせる」

「こうなれば我らだけで構わぬ！　血祭りにあげるのだ！」

徳川兵たちは、「うおおおおっ」と激しい雄《お》たけびを上げた。

幸村は「よし」と表情を引き締めた。十文字槍《じゅうもんじやり》を手に、敵を迎《むか》え撃《う》つべく構える。

さあ来い我こそは日本一《ひのもといち》の兵《つわもの》、真田《さなだ》左衛門佐《さえもんのすけ》信繁《のぶしげ》！
命を惜《お》しまぬ者はかかってまいれ！
ここから先は一歩も通さんぞ！

大丈夫《だいじょうぶ》か?
まだまだ大丈夫《だいじょうぶ》です!
がは…っ
!?

幸村さま
真田幸村 討《う》ち獲《と》ったりいい!
大将!
へへっ…
ポロ

へへ…どうだい…
ハァ
す、すっかり騙《だま》されてやがる……
ハァ
ハァ
俺っちの芸も…捨てたもんじゃ…
ねえって…ことだなあっ…
ハァ

この幸村は、幸村本人ではない。

根津甚八による変装《へんそう》であることを知っているのは、この場では小助と鎌之介だけだった。

槍《やり》を握《にぎ》る足軽は、「なんだと！」と目を丸くして甚八の顔をのぞきこんだ。

「こ、こいつ、真田幸村じゃない⁉　影武者だ！」

足軽の叫《さけ》びに、徳川兵たちのさわめきは一瞬《いっしゅん》でかき消えた。喜びや安堵《あんど》の代わりに、疑問の声が巻き起こる。

「幸村が偽物《にせもの》だと⁉」

「で、では、本物はどこに⁉」

徳川兵たちは、予期せぬ混乱のただ中に叩《たた》きこまれていた。もはや、さきほどまでの気概《きがい》はない。すっかりうろたえてしまっている。

根津様の芸は、やはりすごい——小助は複雑な思いを抱《いだ》きながら、胸《むね》を貫かれた仲間の姿《すがた》を見つめていた。

つい今の今まで肩《かた》を並べて戦っていた真田幸村は、根津甚八による変装である。甚八は、幸村と同じ鎧兜《よろいかぶと》を身に着け、徳川軍と戦っていたのだ。

これだけの長時間、敵にその正体を悟《さと》らせなかったのは、甚八の物真似芸《ものまねげい》が神がかり的だったからだろう。なにせ事情を知っている小助でさえ、本物の幸村とともに戦っていると思ったくらいなのである。

——幸村様の影武者《かげむしゃ》をやらせてくれ。これは俺っちにしかできねえことだ。

戦《いくさ》の前に、甚八は幸村本人にそう申し出ていた。徳川兵たちにあえて自分を狙《ねら》わせることで、敵のかく乱を狙ったのである。それが甚八自身、もっとも危険で困難な役回りであることを知りながら。

槍を深々と胸に突《つ》き刺《さ》され、甚八は痛苦に表情を歪《ゆが》めていた。しかしそれでも、その目はきらきらと子どものように輝《かがや》いている。徳川兵たちを大混乱におちいれたことを、心の底から楽しんでいるようだった。

「ははは……。みんな、俺っちの芸に驚《おどろ》いてやがる。すげえだろ……」

そんな甚八を見下ろし、由利鎌之介は「ああ、すげえよ」とつぶやいた。

「囮役《おとりやく》を自ら進んでやろうってんだからなァ。とんでもねえ馬鹿野郎だぜ」

「俺っちだってな……一度くらい、日本一《ひのもといち》って呼ばれたかったんだよ……」

甚八は、息も絶え絶えにそう告げた。心臓を潰《つぶ》され、血を失ってしまったせいだろう。だんだんと目の光が消えていくのがわかる。

小助は心からの賛辞《さんじ》をこめ、甚八に告げた。

「根津様は、間違いなく日本一《ひのもといち》です……。日本一の芸達者《げいたっしゃ》です……！」

甚八は小助を見上げ、「ありがとよ」とつぶやき、小さく笑みを浮かべた。そのまま、ふっと目を閉じる。

きっと自分が成しとげたことに、満足したのだろう。そうでなければ、こんな安らかな死に顔にはならない。

鎌之介も、神妙《しんみょう》な表情でつぶやいた。

「ああ、よくやったぜ。てめえのおかげで、徳川の連中に一矢報《いっしむく》いることができそうだ」

「ええ。今頃はきっと本物の幸村様が、徳川の本陣《ほんじん》へとたどり着いているはず」

小助は混乱する徳川兵たちに向き直り、大薙刀《おおなぎなた》を構えた。

「やりましょう、鎌之介さん。もう少しで、私たちの本懐《ほんかい》が叶《かな》います！」

＊＊＊

大坂城の門前で穴山小助らが死闘《しとう》を繰《く》り広《ひろ》げていた頃、佐助らはひそかに南方の茶臼山へとたどり着いていた。徳川軍の本陣が敷《し》かれている場所である。

徳川の主力部隊は、すべて大坂城の攻略《こうりゃく》に駆《か》り出《だ》されていたようだ。本陣を守る兵は、たかだか数十人足らずといったところである。根津甚八の陽動が功《こう》を奏《そう》した結果だろう。

「まったく、これでは拍子抜《ひょうしぬ》けじゃのう！」

三好清海入道の振るう金棒が、本陣を守る兵を軽々と叩《たた》き潰《つぶ》していた。

弟の伊佐入道も、手にした錫杖《しゃくじょう》で敵兵を薙《な》ぎ払《はら》っている。

「そうじゃのう兄者。根津らは頑張りすぎじゃ。我らの張り合いが足りんくらいじゃわい」

このふたりの豪傑《ごうけつ》の前では、並みの兵はまったく歯が立たない様子である。

次々と敵を蹴散《けち》らしていく三好兄弟の姿《すがた》に、佐助は相変わらずの信頼を覚えていた。本陣を守る雑兵たちは、このふたりの手であらかた排除《はいじょ》されている。

佐助はわずかに残った敵兵を手裏剣《しゅりけん》でしとめながら、「まあまあ」と彼らをねぎらった。

「ようやく徳川の本陣にたどりついたんだ。兄弟の手を借りたいのは、ここからだぜ」

「佐助の言う通りだ」

真田幸村——偽物《にせもの》ではなく本物の——が、徳川の陣幕《じんまく》を強くにらみつけた。

「これからが正念場だぞ。ついに我らの目的を果たす時がきた」

幸村は十文字槍《じゅうもんじやり》を手に、「うおおおおっ」と気炎《きえん》を上げた。この場の誰よりも早く、陣幕へと突撃《とつげき》をかけたのである。

「真田左衛門佐信繁、ここに参った！　徳川家康よ、いざ雌雄《しゆう》を決しようぞ！」

幸村はそのまま槍を大きく振るい、周囲に建てられていた軍旗や馬印《うまじるし》を、根こそぎ叩《たた》き折《お》ってみせた。

三《み》つ葉葵《ばあおい》が描かれた軍旗や、金扇《きんせん》の大馬印は、徳川家康の威光《いこう》を示したものである。それを完膚《かんぷ》なきまでに叩き折るという行為は、真田軍の勇気と気概《きがい》を示すものだった。

「さ、真田幸村だと!?　もうこんなところまで来るとは……！」

陣幕の奥には、尻《しり》もちをついて震《ふる》える小太りの老人の姿《すがた》があった。仰々《ぎょうぎょう》しい鎧兜《よろいかぶと》に身を包《つつ》んでいたものの、その顔はただの青ざめた古狸《ふるだぬき》である。

どうやらあれが徳川軍の大将、徳川家康らしい。あのあわてふためきようを見るかぎり、佐助にはあれがこの本陣の長の姿とは思えなかった。

幸村は、尻もちをついた徳川家康へと近づいた。その首に、槍の先端《せんたん》を突《つ》きつける。

「久しいですな、家康公よ」

「き、貴様っ……！　このわしの首を獲《と》る気なのか！」

徳川家康は、ぶるぶると身を震わせながら幸村を見上げていた。

「いかんぞ！　考え直せ！　わしを殺せば、全国の大名たちが黙《だま》っておらんぞ！」

「天下の大御所様が、この期に及んで命乞《いのちご》いですか？」

幸村の眼光に射すくめられ、徳川家康は「ぐうっ」と喉《のど》を鳴らした。

「そ、そうだ……！　幸村よ、今こそ、過去の遺恨《いこん》は水に流そうではないか！　改めて、このわしに仕えるがよい！」

「私に、徳川の配下に下れと？」

「ああ、五十万石……いや、百万石の大名として取り立ててやる！　兄の信之も喜ぶはずだ！」

「話になりません」

幸村は首を横に振り、大きく槍《やり》を振り上げた。徳川家康が、「ひいいいいいっ！」と甲高《かんだか》い悲鳴をあげている。

幸村は、そのまま無造作に槍を振り下ろした。その槍の穂先《ほさき》は徳川家康の鎧《よろい》をかすめ、そのまま地面に突き刺さる。

「そもそも私は、大名としての地位にも、あなたの首にも興味はない」

徳川家康は、顔を引きつらせたまま「は、はあ？」と首をかしげていた。恐怖と混乱により、目を白黒させてしまっている。

声がしたのは、そのときだった。

「大御所様、どうかお下がりください」

声の主は、黒装束《くろしょうぞく》に身を包んだ忍びだった。どこからともなく現れ、家康のすぐ後ろに立っている。鬼面の男――伊賀の頭領、服部半蔵だった。

そしてその服部半蔵のそばには、もうひとりの黒装束の忍びが控《ひか》えていた。

霧隠才蔵である。

才蔵はもはや面をつけていない。迷《まよ》いと義務感がないまぜになったような複雑な視線で、まっすぐに佐助を見つめている。

徳川家康は、ふたりの忍びを見上げ、心底ほっとしたようなため息をこぼしていた。

「おお、服部半蔵！　ここはそなたらに任せたぞ！」

徳川家康はあわてた様子で立ち上がると、陣内につながれていた馬に飛び乗った。そのまま馬の尻《しり》を叩《たた》き、脱兎《だっと》のごとく逃走を開始する。

その情けない背中を見送りながら、佐助は幸村にたずねた。

「おいらが追おうか？」

「いいや、あれは捨て置け。徳川家康など、今やどうでもいい」

それは豊臣家の将としてはあるまじき言葉だった。もしも淀殿《よどどの》に聞かれたら、厳罰《げんばつ》に処《しょ》せられてもおかしくはない。

だが佐助には、幸村の言いたいこともわかるのだ。幸村はそもそも、この戦《いくさ》の勝敗にこだわっているわけではない。己の武士の義を示すべく、この場所に立っているのだ。

義を示すべき相手は、他でもない。真田十勇士のひとりであり、自身の息子にも等しい存在。迷いの最中にある青年忍者、霧隠才蔵である。

その才蔵は、じっと佐助を見つめている。

「佐助、やはり来たのか」

佐助は「ああ、来たぜ」と、才蔵に目を向けた。

「大事な仲間のために、できることをしにな」

「仲間だと……？」

才蔵はどこか悲しげに目を伏《ふ》せ、そのまま腰《こし》の刀を抜《ぬ》き放《はな》った。

「もう俺は、お前の仲間じゃない。何度言ったらわかる……！」

「そのとおりだ、才蔵」

服部半蔵が腕を組み、うなずいた。

「あれなるは徳川の敵。すべて我らで斬《き》らねばならぬ。それが服部の宿命よ」

幸村は「いいや」と首を横に振った。

「たしかに『仲間じゃない』かもしれないな。才蔵は私の『家族』だ。返してもらおう」

幸村に家族と告げられ、才蔵は意外そうに目を丸くした。どう反応すべきかわからないのか、服部半蔵と幸村の顔を交互《こうご》に見て、黙《だま》りこんでしまった。

服部半蔵は、不機嫌《ふきげん》そうに「ふん」と鼻を鳴らす。

「敵の戯言《ざれごと》に聞く耳を持つな。お前は紛《まぎ》れもなく服部の末裔《まつえい》。真田幸村など、しょせんは我にここで斬《き》られ、歴史から姿《すがた》を消す存在――」

「そうはさせぬっ！」

しかけたのは、三好清海入道だった。金棒《かなぼう》を勢いよく振り上げ、猛然《もうぜん》と服部半蔵に飛びかかったのである。

「先の雪辱《せつじょく》、ここで晴らしてみせるわああああっ！」

「よかろう。貴様から返《かえ》り討《う》ちにしてくれる」

服部半蔵が、左手を清海入道のほうへ向けた。〝影縛《かげしば》り〟を放つつもりのようだ。

しかし痺《しび》れ矢《や》が放たれることはなかった。それよりも一瞬《いっしゅん》早く、三好伊佐入道が服部半蔵の左腕《さわん》につかみかかっていたからである。

「我ら兄弟に、同じ術が二度効くと思ったか！」

服部半蔵は伊佐入道に腕をひねり上げられ「ちっ」と舌打ちをした。

「関ヶ原の落ち武者ぶぜいが……！」

服部半蔵は即座に右手で刀を抜き、振り下ろされる清海入道の金棒《かなぼう》を受け止めた。

ガキン、と鈍《にぶ》い音が響《ひび》き渡る。相当の衝撃《しょうげき》だったろうにも関わらず、服部半蔵の姿勢《しせい》には一切のブレがない。

渾身《こんしん》の打撃を片手で止められたのは、清海入道にとっても意外だったのだろう。「ぬっ」と眉《まゆ》をひそめた。

「服部半蔵め！　やはり一筋縄《ひとすじなわ》でいかぬか！」

「だが、我ら兄弟でかかれば勝機はある！」

三好伊佐入道は、ぎりぎりと強く服部半蔵の左腕《さわん》を押さえこんでいた。

服部半蔵は、それでも余裕の態度を崩《くず》さない。

「ふん……たとえ二人がかりだろうと、我は止められぬ。伊賀の頭領をなめるなよ」

「であれば、三人がかりならばどうだ！」

幸村の十文字槍《じゅうもんじやり》が、服部半蔵の首筋を狙《ねら》って突《つ》き出《だ》された。

服部半蔵はとっさに足を振り上げ、幸村の槍の穂先《ほさき》を蹴《け》とばすことでその軌道《きどう》をずらしてみせた。まさに達人技である。

しかしさすがの服部半蔵も、息を荒《あ》らげ始めていた。三好兄弟にくわえて幸村までも相手にするのは、相当骨が折れるようだ。

「くそっ……小癪《こしゃく》な真似《まね》を」

幸村は服部半蔵に向き合いつつ、佐助に向かって叫んだ。

「こやつは我らに任せろ！　佐助は才蔵を頼む！」

「ああ、わかった」

佐助もまた腰《こし》の村正を抜き、才蔵と対峙《たいじ》した。こうして互いに刀を抜いて向き合うのは、ずいぶん久しぶりのような気がする。

「戻《もど》ってこいよ、才蔵。お前だって、心から服部半蔵に従ってるわけじゃないんだろ」

「お前になにがわかる！」

才蔵は懐《ふところ》に手を入れ、そこから取り出したものを佐助に向かって投げつけた。風車型の鉄製の飛び道具、八方手裏剣である。

才蔵は二つ三つと、矢継《やつ》ぎ早《ばや》に手裏剣を投げてくる。

佐助は握《にぎ》った刀で、手裏剣をひとつひとつ弾《はじ》き落《お》とした。次にどこに投げてくるか、どういう軌道《きどう》で投げてくるか。そういった才蔵の癖《くせ》はよくわかっている。この八年間、ともに何度も繰り返した訓練だったからだ。

「わかるさ。おふくろさんのことだろう？」

佐助が告げると、才蔵は「なっ」と手裏剣を投げる手を止めた。才蔵は、驚《おどろ》きの眼《まなこ》でじっと佐助を見つめている。

「なぜそれを……!?」

「お前が昔教えてくれただろ。忍びの基本は情報収集だって。だからおいらは、この数ヵ月、必死にお前のことを調べたんだ。十勇士みんなの力を借りてな」

「俺のことを調べた、だと？」

「簡単に言えばお前のおふくろさんは、伊賀に囚《とら》われの身だ。だからお前は、服部半蔵の言いなりになってるんだよな」

佐助の言葉を、才蔵は否定《ひてい》も肯定《こうてい》もしなかった。

ただじっと佐助を見つめたまま、下唇《したくちびる》を噛《か》んでいる。

＊＊＊

霧隠才蔵にとって、あの猿飛佐助に自分の秘密を暴かれたのは、正直意外なことだった。少なくとも情報収集に関しては、確実に自分のほうが上だと思っていたからだ。

だが佐助も、いつまでも昔のままではなかった。仲間の力を借りて、才蔵が隠してきたことを探りあてたのである。

「お前の実の母親は、伊賀者じゃねえ。かつて服部半蔵に滅《ほろ》ぼされた、とある武家のお姫様だったんだってな」

佐助の言う通りだった。

徳川家康はかつて、武田家に仕えていた武家を、伊賀者に命じていくつか襲撃《しゅうげき》させている。才蔵の母親がいた風見《かざみ》家も、そんな襲撃で滅ぼされた武家のひとつだった。

家康はこのとき、伊賀者たちに略奪《りゃくだつ》を許していた。武家が所有する金銀財宝を、報酬《ほうしゅう》代わりに忍びたちに与えていたのである。

こうして当時の風見家の姫、小夜《さよ》は、服部半蔵のものとなった。教養もあり、器量もよい小夜は、当時の伊賀者たちになによりの財宝としてとらえられたのだろう。

「そうして小夜姫は、服部半蔵のものとなった。ふたりの間に子が生まれるまで、そう長くはかからなかったって話だ。それがお前だな、才蔵」

「だったらどうした……！」

才蔵は地を蹴《け》り、手にした刀で佐助に斬《き》りかかった。

佐助はその斬撃を村正でなんなく受け止め、話を続ける。

「だけど伊賀者ってのは、余所者《よそもの》に対してはずいぶん冷たい連中だったみたいじゃねえか。服部半蔵はお前が生まれるなり、その首を掻《か》っ切《き》ろうとしたんだろう？〝忌《い》み子《こ》〟——外の血を受《う》け継《つ》いでいるって理由だけで」

才蔵は、そんな佐助の話を否定《ひてい》することはできなかった。ただがむしゃらに刀を振るい、打ち合いを続けることしかできない。

だが、さすがに剣術においては佐助のほうに分《ぶ》があった。全力を振《ふ》り絞《しぼ》った才蔵の連撃も、次々と止められてしまう。

「服部半蔵の蛮行《ばんこう》を止めたのは小夜姫だった。赤子だったお前の命を救うために、あの男に土下座したんだってな。『どんなことでもする。だからこの子の命だけは助けてください』

――って」

「ああそうだ。俺の命は、あのとき母に救われたんだ」

武家の姫として育てられた娘が、自尊心をかなぐり捨て、自分の家を滅《ほろ》ぼした男に頭を下げる。そこにはきっと、凄《すさ》まじい覚悟《かくご》が必要だったはずだ。その当時の母の気持ちを想うと、才蔵は今でも胸が痛くなる。

「物心ついた頃から俺は、自分と母が、里では異物として扱われているのがわかった。露骨《ろこつ》に食事を減らされたり、石を投げられたりするのは日常茶飯事《にちじょうさはんじ》だ。ときには忍具として用いられる毒《どく》の、実験台にさせられることもあった」

才蔵は歯を食いしばりながら、刀を振るった。

「母は、いつも俺をかばってくれた。俺の代わりに毒をあおり、死にかけたこともある。それでもつらい顔ひとつ見せなかった。母が俺に向ける顔は、常に笑顔だったんだ」

――大丈夫《だいじょうぶ》。苦しいのは今だけです。

――私がいつも、才蔵を守ります。

——あなたが一生懸命《いっしょうけんめい》生きていれば、周りは必ずあなたを認めてくれるはずですから。

目の前がにじむ。才蔵の脳裏《のうり》に、母の笑顔が甦《よみがえ》ってきたのだ。

斬《き》り結《むす》ぶ佐助もまた、複雑な表情を浮かべていた。甘っちょろい佐助のことだ。才蔵の境遇に、同情しているのかもしれない。

「だからお前は、里一番の使い手を目指したんだよな。周りの大人たちから技を盗《ぬす》み、わずか十歳にして、〝次代の服部半蔵〟と目されることになった」

「そうだ。俺は負けるわけにはいかなかった。俺が里の頭領に……〝服部半蔵〟になることができれば、これ以上母につらい思いをさせずに済むからだ」

そうして才蔵は、里で忍びとしての実力をつけていった。今の頭領にもそれが認められ、徳川家からの重要な任務を与えられることになった。

「『九度山の真田家に家臣として潜入《せんにゅう》し、真田幸村の動向を観察すること』——それが、俺に与えられた任務だった。これをこなせば、俺は〝服部半蔵〟に一歩近づくことができる。母を救うことができるんだ」

逃亡や失敗は許されない。そんなことをすれば、里に残った母の命が脅《おびや》かされる。

才蔵には、他に選択肢はなかったのである。

「許せ、佐助！」

才蔵は、強く一歩を踏みこんだ。刀を大きく振りかぶり、佐助の真っ向から唐竹割《からたけわり》を放つ。

佐助は刀を横に構え、とっさに才蔵の唐竹割を受け止めた。しかし、才蔵の渾身《こんしん》の力をこめた重い一撃には、さすがの佐助も態勢を崩《くず》さざるを得なかった。

才蔵はその隙《すき》を見逃がさなかった。佐助の胴《どう》を狙《ねら》って、鋭い前蹴《まえげ》りを放った。佐助はそれをもろに喰らい、「うっ」と後ろ向きに倒れる。

才蔵は倒れた佐助の喉笛《のどぶえ》に、刀の切っ先を突《つ》きつけた。

「結果として皆を裏切ることになったのは、本当に申し訳ないと思っている」

「よせよ、才蔵。謝ることはねえ」

佐助は、平然とした様子で才蔵を見上げていた。

圧倒的に絶体絶命な状況《じょうきょう》に追い詰められているというのに、佐助にはまるで臆《おく》した様子は見られなかった。

才蔵は刀の柄《え》を握《にぎ》りしめ、語気を強める。

「佐助。俺は本気なんだ。俺はお前を、ここで殺さなければならない」

「いいや。お前はおいらを殺さない。殺す必要がないからな」

佐助は、やけに自信たっぷりな様子である。才蔵は首をかしげた。

「どういう意味だ」

「お前のおふくろさんは、おいらたちが里から救い出した。今は安全なところにかくまっている」

佐助の言葉に、才蔵は「なっ」と耳を疑った。

この佐助が、才蔵の母親を救いだしたという。そんなことを言われても、才蔵はにわかに信じることはできなかった。

「嘘《うそ》を言うな。あの服部半蔵に気づかれず、里から母を連れ出すなど――」

「嘘だと思うなら、これを見ろ」

佐助は、懐からなにかを取り出した。それは、古い布製の根付けだった。表面には、風見家の家紋《かもん》が刺繍《ししゅう》されている。

見覚えがある。才蔵は、まじまじとその根付に見入ってしまっていた。

「それは、母がいつもお守り代わりにもっていたもの……」

「どうだ。これで信じただろう？」

佐助は得意げに白い歯を見せた。

才蔵はふと思い出す。幼《おさな》き日の修業中、自分から一本取ったときに、佐助はよくこういう顔をしていたものだ。

「それじゃあ本当にお前は、母を救いだしたというのか？」

「もちろん、おいらだけの力じゃねえ。甚八に海野、それから小助たち……仲間の力を借りなきゃ、こう上手くはいかなかったけどな」

才蔵は脱帽《だつぼう》する。あの十勇士が、伊賀者たちを出《だ》し抜《ぬ》いたというのだ。非凡《ひぼん》な才をもつ連中だとは思っていたが、まさかここまでとは思わなかった。

佐助が、「へへっ」と鼻の下をこすってみせた。

「お前の十八番《おはこ》の隠形術《おんぎょうじゅつ》も、さんざん利用させてもらったぜ。逃《に》げたり隠《かく》れたりってのも、場合によっちゃあ使えるもんだな」

「そうか。俺の術を……」

「つまり、おいらたち全員が力を合わせて、おふくろさんを助け出したってわけだ。才蔵、お前も含《ふく》めてな」

佐助の笑みに、才蔵はぎゅっと強く胸をしめつけられたような気分になっていた。

はっきりと裏切《うらぎ》りを宣言したにも関わらず、佐助らはそれでも才蔵のために行動をしていたのである。才蔵を、心から仲間だと信じて疑わなかったということだ。

才蔵は「どうしてだ」とたずねる。

「どうしてお前は……お前たちは、俺のためにそこまでするんだ」

「そんなの当たり前だろ」

佐助のまっすぐな視線が、才蔵を射抜《いぬ》いた。

「だって、お前は、おいらの家族なんだからな」

「家族……」

それは真田幸村も言っていた言葉だった。

最初に聞いたときには、単なる戯言《ざれごと》だと思っていたものである。しょせん自分たちは他人同士。来たる戦に向け、生活をともにしているに過ぎないのだから。

だがこの猿飛佐助は、それを本気でとらえていたらしい。真田幸村も、そして他の十勇士の面々も同じなのかもしれない。

みな才蔵を、心の底から大事な存在だと思ってくれている。

そのことが、才蔵の心を強く打ちつけた。妙《みょう》に鼻の奥が熱い。頬《ほお》に、熱いものが流れ始めているのを感じる。

――あなたが一生懸命生きていれば、周りは必ずあなたを認めてくれるはずですから。

そんな母親の言葉が、不意に胸に甦《よみがえ》った。

「ああ……そうか。母の言う通りだった」

カラン、と響《ひび》く音。気づけば才蔵は、握《にぎ》った刀を地面に取り落としていたのである。

「なあ才蔵。戻《もど》ってこいよ」

佐助が、才蔵に向かって手を差し伸べた。

もはや今の才蔵には、その手を拒《こば》む理由はない。母が無事ならば、服部半蔵の命令に従う意味もないのだ。

「本当にいいのか。一度はお前たちを裏《うら》切《ぎ》った俺が――」

「んなことどうでもいいって言ってんだろ。ほら」

佐助の手が、才蔵の手を包《つつ》みこんだ。

骨ばった大きな手だ。才蔵の知らないうちに、またひと回り大きくなったような気がする。この猿飛佐助という男は、気づけばいつのまにか才蔵よりも成長しているのだ。

才蔵は片手で顔をぬぐい、佐助を見つめた。

「佐助、今まで本当にすまなかった。俺は——」

しかし、その瞬間《しゅんかん》だった。

佐助が突然、「ぐはっ」と血を吐《は》き出《だ》したのである。

「なっ……!?」

才蔵は目を疑った。見れば佐助の脇腹《わきばら》には、刀が突き刺さっている。

いったいいつの間に。どうして。混乱する才蔵の耳に、不吉なつぶやきが聞こえてくる。

「——家族など、笑止千万《しょうしせんばん》」

服部半蔵であった。その鬼面《きめん》は今や、黒鬼ではなく、赤鬼と化していた。おびただしい返り血によって赤々と染《そ》まっていたのである。

＊＊＊

佐助の身体がぐらりと揺《ゆ》れ、そのまま横に倒れる。

それは信じがたい光景だった。才蔵を「家族」と呼んでくれた親友が、血だまりの中に沈《しず》んでいるのである。

「さ、佐助っ！」

才蔵が名前を呼んでも、佐助はぴくりとも動かなかった。傷口からは、どくどくと血があふれ出しているのがわかる。

早く手当てをしなければ――才蔵はすぐに倒れた佐助の前に腰《こし》を下ろそうとしたのだが、それはできなかった。服部半蔵の手が、才蔵の肩をつかんでいたからだ。

「なにをしている」

「ち、父上……」

「何度言えばわかる。この男は徳川の敵だ。殺さねばならぬ」

服部半蔵は、血まみれの刀を宙《ちゅう》で振るってみせた。刃にこびりついた血が飛び散り、地面を染《そ》めた。

見れば三好兄弟も幸村も、大量の血の中に倒れている。三人がかりでも、服部半蔵には敵わなかったようだ。

幸村は全身から血を流しながら、服部半蔵をにらみつけている。

「貴様、よくも佐助を……！　才蔵に手を出すなっ！」

「死にぞこないは黙《だま》っていろ」

服部半蔵は、幸村のほうを見てもいない。才蔵の肩をつかんだまま、万力のような力で締《し》め上《あ》げてくる。

才蔵はその激痛に耐《た》えかね「ううっ」と吐息《といき》をもらしてしまった。

「離してください、父上」

「離してどうする。真田幸村を助けるのか？　猿飛佐助の仇《かたき》を討つのか？」

「それは……！」

服部半蔵が、「ふん」と鼻を鳴らした。

「家族だ仲間だと、情に流されるとはな。次代〝半蔵〟として目をかけていたが、それもここまで。しょせんは〝忌《い》み子《こ》〟……使えぬ屑《くず》であった」

「俺を始末するのですか」

「ああ。それから、小夜もな。屑を産み落とした責任を取ってもらわねば」

その言葉で、才蔵の心の中にあったなにかが、火を立てて燃え上がった。もはやこの目の前の男を、父とも頭領とも思わない。これは敵だ。倒すべき敵なのだ。

才蔵は「やめろ！」と叫《さけ》んだ。

「貴様は絶対に許さないっ！　この俺が、命に代えても止めてやる！」

啖呵《たんか》を切る才蔵を見て、服部半蔵が「くっくっく」と肩を揺《ゆ》らした。

「どうやって止めるというのだ？　そこの刀で、我の首を落とすとでもいうのか」

地面には、さきほど才蔵が落とした刀が落ちている。才蔵は、すぐさまそれを拾い上げようとした。

しかし、そこで違和感《いわかん》に気づいた。手を伸ばそうとしても、腕《うで》が動かない。

いや、腕だけではなかった。足も首も腰も、才蔵の身体のあらゆる部分が、鉛《なまり》のように動かなくなってしまっている。

「〝影縛《かげしば》り〟……!? いつの間に!」

「我が痺《しび》れ矢《や》を放ったことすら気づかぬとはな。だから貴様は屑《くず》だというのだ」

才蔵は「くそっ」と毒《どく》づいた。身動きができない今、反撃も逃走も不可能である。数秒後には、容赦《ようしゃ》なく息の根を止められていることだろう。

才蔵は悔《くや》しさに身を震わせた。服部半蔵に敵わないことだけが悔しいのではない。今の今まで、この卑劣《ひれつ》な男を自分の親だと思ってしまっていたことが、心底悔《しんそこくや》しいのだ。

自分が本当に大事にするべき家族は、他にいたはずなのに。

服部半蔵は、ゆっくりと刀を振り上げた。才蔵を一刀両断にするつもりなのだ。

「父として、これが最後の手向《たむ》けだ。潔《いさぎよ》く死ね」

「くそうっ――!」

才蔵はぐっと目を閉じた。

次の瞬間、刃が肉を立ち、血が弾《はじ》ける音がする。

だがそれは、才蔵のものではなかった。服部半蔵と才蔵の間に立ち、凶刃《きょうじん》から才蔵をかばった者がいたのである。

「だ、大丈夫か……才蔵」

才蔵が目を開くと、そこには真田幸村の弱々しい微笑《ほほえ》みがあった。

幸村は、がっしりと両手を才蔵の身体に回し、抱《だ》きしめるようにして守っていた。

赤備《あかぞな》えの鎧《よろい》の背中は、ばっくりと割られている。そこから、鮮血《せんけつ》が勢いよくあふれ出していた。相当な深手であることは、ひと目見ただけでわかった。

「ゆ、幸村様……!?　どうして……！」

「父が子を守るのは……当たり前のことだ」

幸村は、にこりと微笑んだ。

才蔵は「そんな」と声を震《ふる》わせる。

「幸村様は、豊臣家の柱なのでしょう!?　こんなところで散っていい人じゃない！　まして、俺みたいな裏切り者を救うためなんかに……！」

「豊臣家は、どのみち……滅《ほろ》びを免《まぬが》れない。それはもう、ずいぶん昔からわかっていたことだ……」

「え？」

「それでも私が槍《やり》を振るってきたのは……未来のためだ」

「未来……？」

「お前たちのような若者に、武士としての義の心を……己の生き様を示すため……。どんな逆境だろうと……あきらめない心を……そして人をいたわる心を……」

幸村は、己に残された命を振《ふ》り絞《しぼ》るかのように続けた。

「才蔵。お前のような若者を救えるのなら……それだけで、私は――」

幸村はそう言いかけ、ぐったりと崩《くず》れ落《お》ちた。才蔵を抱いたまま、呆気《あっけ》なく事切《ことき》れてしまったのである。

それが、日本一《ひのもといち》の兵《つわもの》の最期だった。

「ああ……うあああ……。そんな……そんな……！」

才蔵は、声を震《ふる》わせた。やるせない思いが、両目を伝わってあふれてくる。

幸村は自分にとって、かけがえのない人だった。それを未来永劫《みらいえいごう》失ってしまった激しい衝《しょう》撃《げき》が、頭をぐわんぐわんと揺《ゆ》らしているのだ。

「己の理想に命を捧《ささ》げたか。馬鹿な男よ」

服部半蔵は死んだ幸村を見下ろし、つまらなそうに吐《は》き捨《す》てた。

「そんなものなどさっさと捨て、早く大御所様に下っていれば、少しはマシな死に方ができたものを」

才蔵は、服部半蔵を「黙《だま》れっ！」と強くにらみつけた。

「お前になにがわかる！　姑息《こそく》な手で人を利用することしかできない男が、幸村様のなにがわかる！」

「貴様こそ黙れ。忍びの風上にもおけぬ屑《くず》が」

服部半蔵は刀を手に、才蔵へと再度詰《つ》め寄《よ》った。

「敵を速やかに始末することこそ、忍びのあるべき姿《すがた》。我がその極意を、その身にきっちりと刻《きざ》みこんで教えてやる」

そのときだった。どこからともなく、もうもうと白い煙《けむり》が巻き起こった。煙は徳川本陣を完全に包みこみ、才蔵は一寸先すら見えないような状態に陥《おちい》ってしまう。

いったいなにが起こったというのか。才蔵は息をのむ。動けぬ身体では、手探りで状況を確認することもできない。

もっとも、この状況に驚《おどろ》いているのは、才蔵だけではない。

服部半蔵もまた、怪訝《けげん》な声を上げていた。

「こ、これは……〝霧隠〟だと!?」

「ああその通り。仮にも才蔵の親父だってんなら、よく知ってるだろ?」

煙《けむり》の中に、聞き慣れた声が響《ひび》いた。

「敵を速やかに始末する……か。おいらも忍びの端《はし》くれとして、その姿勢《しせい》は見習っておかねえとな」

「なんだと!?」

それが、服部半蔵の最期の言葉となった。

ヒュッと空気を斬《き》る乾《かわ》いた音。そして、「ぐあっ……」と押し殺したような声が響く。

それきり何も聞こえなくなった。白い煙の中を支配していたのは、身が凍《こご》えるようなほどの静寂《せいじゃく》だったのである。

ゆっくりと〝霧隠〟が晴れていく。

才蔵は、煙の中にぼんやりと浮かび上がってくる輪郭《りんかく》に、はっと息をのんだ。

服部半蔵が首の後ろを刀で刺《さ》され、白目を剥《む》いてうつ伏《ぶ》せに倒れている。

その身体の上に馬乗りになっているのは、赤備《あかぞな》えの装束《しょうぞく》に身を包んだ忍びだった。

きりりとした眉《まゆ》に、意思の強そうな瞳《ひとみ》。幸村の言う「肝《きも》の据《す》わった面構《つらがま》え」だ。ぼさぼさの赤毛は、背中で束ねている。

にっと笑うその笑顔は、才蔵にとってはもはや見慣れたものだった。

猿飛佐助の姿が、そこにあったのである。

＊＊＊

才蔵は、痺《しび》れる身体をほぐしながら、なんとか立ち上がった。

「佐助……!? お前、生きていたのか!?」

「ああ、なんとかな」

佐助が、脇腹《わきばら》を押さえながら立ち上がった。多少の出血はあるようだが、命に別条《べつじょう》があるようには見えない。

才蔵は「いったいどうして」と訝《いぶか》しんだ。

「あれだけ血を流していたんだ。完全にもう手遅れだと思っていた」

「たしかに、おいらもダメかと思った。助かったのは、こいつのおかげだな」

佐助は懐《ふところ》を探り、中から赤黒くにじんだ革袋《かわぶくろ》を取り出してみせる。袋の中からは、どろりと血の塊《かたまり》が垂れているのがわかる。

「それは……血袋か」

冬の陣での戦いの際、才蔵が佐助たちをあざむき、自分の死を偽装《ぎそう》するために使った忍具である。それを佐助も持っていたというのである。

佐助は「これもお前の隠形術《おんぎょうじゅつ》だったな」と、ばつが悪そうに笑った。

「どこかで使えるんじゃないかと思って、懐に忍ばせてたんだ。こいつのおかげで、致命《ちめい》傷《しょう》を避けられたってわけだな」

「まったく……しばらく見ないうちに、お前は急に勉強熱心になったのだな」

「おいらなりに、色々考えてたんだよ。いなくなっちまったお前のこと、少しでも理解しようってさ」

佐助の言葉に、才蔵はこそばゆいものを感じていた。この男はときどき、歯の浮《う》くようなことを平気で言う。昔からそれに驚《おどろ》かされることも少なくはなかった。

佐助は「けど」と眉尻《まゆじり》を落とした。

「おいらがぶっ倒れちまってたせいで、幸村様を救うことはできなかった」

「佐助、それは違う。俺のせいだ。俺が――」

弱かったから――と続けようとした才蔵の言葉は、「がっはっはっは」という大笑いにかき消されてしまった。

笑い声のする方を見れば、三好兄弟の姿《すがた》があった。ふたりとも、すっかり刀傷と痣《あざ》にまみれていた。よほど服部半蔵との死闘《しとう》は激しいものだったのだろう。互いに肩《かた》を預け合いながら、ゆっくりとこちらに歩いてきた。

伊佐入道が、「のう」と才蔵と佐助に目を向ける。

「ふたりとも、そう暗い顔をするな」

「真田の大将も、今ごろはきっと極楽浄土《ごくらくじょうど》で笑っておるに違いない。なにぜ、おまえたちのような立派な息子たちを、守り切ることができたんだからな」

清海入道も、大口を開けて笑っていた。

彼らの言葉に、才蔵ははっとさせられてしまう。

そういえば、幸村も言っていたではないか。幸村の願いは、才蔵や佐助のような若者に、己の生き様を示すことであった——と。

佐助もまた、「そうだな」と口元を小さく緩《ゆる》めた。

「幸村様は、おいらたちに未来を託《たく》した。託された以上は、いつまでも下を向いてるわけにはいかねえよな」

佐助の視線は、大坂城へと向けられていた。

太閤《たいこう》秀吉が天下人として栄華を極めたのが、つい二十年ほど前のこと。秀吉公が君臨《くんりん》した大坂城の天守閣《てんしゅかく》は、今や大量の徳川兵たちに囲まれていた。あちこちから、火の手が上がり始めているのも見える。

燃える天守閣を遠目に見つめながら、三好清海入道がつぶやいた。

「小助たちはどうしておるかのう」

「できれば、全員生き残っていてほしいものだが」

伊佐入道がしみじみとうなずいた。

城があの状況では、豊臣秀頼も、淀殿《よどどの》も生きてはいられぬだろう。十勇士も含《ふく》め、もはや豊臣軍には戦う理由もないのだ。

「これで終焉《しゅうえん》か。戦《いくさ》も、豊臣家も」

才蔵は、ぼそりとそうつぶやいた。

これで徳川家康が名実ともに日本の覇者《はしゃ》となり、数十年にも及ぶ戦国時代が幕を閉じる。この先は、江戸幕府による支配体制が続くことだろう。

これらはすべて、幸村の予想通りの結末だったというわけだ。

「ああ。下を向いているわけにはいかない。未来のために、成すべきことを成さねばな」

佐助も「そうだな」とうなずいた。

「豊臣家が滅《ほろ》んでも、真田十勇士の魂《たましい》は消えねえ。おいらたちが、幸村様の想いを未来へとつなぐんだ」

終章

元和二年（一六一六年）の四月――。

数多くの命が散った大坂夏の陣の終焉《しゅうえん》から、早くも丸一年が経とうとしていた。

山々には夏を感じさせるような強い日差しが照り付け、新緑が青々と萌《も》える季節である。

特に日本《ひのもと》の南端、薩摩国《さつまのくに》では、全身に汗《あせ》が浮《う》かぶような暑さになっていた。夕方近くになっても、熱気でじりじりと肌が焼けるようである。

猿飛佐助は額の汗を拭《ぬぐ》い、「ふう」と息をついた。

「よーし、お前ら。今日の稽古《けいこ》は終わりだ」

佐助の言葉に、子どもたちは「えー」と顔に不満の色を浮かべた。

「今日は木刀の素振りだけ？」

「手裏剣《しゅりけん》はやらないの？」

「師匠《ししょう》、俺、〝霧隠〟を見てみたい！」

子どもたちに詰《つ》め寄《よ》られ、佐助は「また今度な」と苦笑いを浮かべた。

「そんなー！」

「楽しみにしてたのに」

「明日は絶対だよ！」

子どもたちはそんなことを口々に言いながら、寝床へと走って行った。

彼らの元気さには、佐助でさえ呆《あき》れるものがある。

丸一日剣術の稽古《けいこ》をして、それでもまだやる気にあふれているのである。忍者の体力をも上回る元気ぶりだ。

もしかして幸村も、幼《おさな》かった佐助や才蔵を見て、こういう気分だったのだろうか——。

佐助がそんなことを考えつつ彼らの背を見送っていると、穴山小助が戻《もど》ってきた。

「今まで稽古ですか。精が出ますね」

背中の籠《かご》は、大根と芋でいっぱいになっている。小助は、ここで暮らす子どもたちのために、村へと買い出しに向かっていたのだった。

ここにいる子どもたちは皆、戦《いくさ》で親を失っている。かつての佐助と同じく、天涯孤独《てんがいこどく》の子どもたちだった。

佐助が彼らを集めて暮らしているのは、なんとなく「幸村だったらそうするだろう」と考えたからだった。幸村に託《たく》された未来を、佐助なりに守ろうとしているのである。

「小助も、ありがとよ」

「いえ。なんだかんだ私も、この生活には慣れましたしね」

小助は、はにかむような笑みを浮かべた。彼もまた、佐助の考えに賛同してくれた者のひとりだった。

大坂城の天守閣《てんしゅかく》が燃え落ち、生き残った十勇士たちは薩摩国に逃《に》げ延《の》びていた。生前、真田幸村が、この地を治める島津家《しまづ》に話をつけておいてくれたのである。

私の家族をよろしく頼む――と。

島津家の先代当主、島津義弘《しまづよしひろ》は、関ケ原の戦いの後も、徳川家康に対して頑《かたく》なに反旗《はんき》を翻《ひるがえ》し続けた人物である。

そういう意味では、真田幸村とはどこかで互いに認め合っていたのだろう。書面を通じ、親交を重ねていたらしい。

そういや三好兄弟は？姿《すがた》が見ねえけど
山ごもりです『極楽浄土《ごくらくじょうど》に旅立った仲間のため無事を祈《いの》ってくる』と
そうかい
あの兄弟のことだから山で熊《くま》とでも戦ってそうだけどな
ぷっ
違いないですね
そういえば鎌之介《かまのすけ》様から文が届《とど》きました
鎌之介《かまのすけ》から？

オレは名刀を探しに大陸に渡る もしも見つからなければ 今度こそ佐助様の村正《むらまさ》を奪《うば》いにいく
待ってろ世界!
そうかい
幸村様から受け継いだこの刀がかつての友との再会を約《やく》す証《あかし》となった
さすがは妖刀《ようとう》、不思議な縁《えん》をもたらしてくれる力だな
戻《もど》って来たときは、また皆で酒でも酌《く》み交《か》わしたいもんだな
そのときはできれば才蔵様も
才蔵か…

…戻《もど》ってきてくれりゃぁ嬉《うれ》しいが
今のあいつには大事な使命がある
遠い空の下にある、江戸の町、
才蔵はそこでひとり戦っているんだ
おいらはそれを邪魔《じゃま》したくねえ

そうでしたね
才蔵様なら
きっと使命を
果たせる
はずです
おいらも
そう思うぜ
なん
たって
あいつは…
おいらの
家族
だからな

江戸でも、町民たちによる市が開かれたり、季節の祭りの準備が進められていたりしていた。人々はようやく、戦《いくさ》のない平和な世に慣れ始めようとしていたのである。

世の中が順風満帆《じゅんぷうまんぱん》に動き始めていた一方、徳川家康は弱り切っていた。原因不明の高熱に、頭痛や腹痛。加えて、ひどい下痢《げり》も併発《へいはつ》している。病床から一歩も動けない状態なのだ。

大坂の陣で生気を使い果たしたせいだとか、豊臣の怨霊《おんりょう》に呪《のろ》われているせいだとかいう者もいる。ともかくこの頃の家康は、急激に死への坂道を転がり落ちようとしているようだったのである。

この日も家康は、江戸城の寝室で、「げほげほ」と血痰《けったん》まじりの咳《せき》を吐《は》いていた。

「半蔵……服部半蔵はおるか……」

「はい、ここに」

霧隠才蔵は、家康の枕元《まくらもと》にて静かに控《ひか》えていた。

家康は、白く濁《にご》った目で才蔵をとらえ、「おお」と口元をほころばせる。

「そなたさえ……そなたさえおれば安心じゃ……」

家康の弱々しい手が、才蔵の膝《ひざ》に触《ふ》れた。その手のひらが、妙《みょう》に冷たく感じる。まるで死人の手だ、と才蔵は思う。

「大坂にて先代が討《う》たれたのは残念だったが、それもまた天命……。あの憎《にく》き真田幸村めをしとめたお前さえおれば、徳川家の未来は安泰というものよ……」

「もったいなきお言葉にございます」

霧隠才蔵は、恭《うやうや》しく頭《こうべ》を垂《た》れた。

才蔵は表向き、先代である服部半蔵の後を継《つ》いだ形になっていた。あの鬼面の忍びの死を、まんまと利用したというわけである。

先代の死の真相は、十勇士しか知らない。対外的には、真田幸村の槍《やり》に倒れたということになっているのだ。伊賀の里も家康も、そんな才蔵の言葉をまるで疑おうとはしなかった。

才蔵は頭を下げたまま、家康に告げる。

「秀忠様の警護も、日々抜かりなく務めております。大御所様は、どうかお心を安らかに、ご静養に育んでくださりますよう」

才蔵の言葉を、病床《びょうしょう》の家康は「うむ」と満足そうにうなずいている。

「秀忠のやつも、まだまだ将軍としては未熟者だからのう……。半蔵よ。どうかお主が、秀忠を……幕府を支えてくれ」

才蔵は、「御意《ぎょい》に」と答えつつ、心の中でほくそえんだ。家康の言葉は、才蔵にとってとても都合のいいものだったからである。

「私でよければ、お導《みちび》きいたしましょう。私なりの義の心を……逆境《ぎゃっきょう》に挫《くじ》けぬ心と、人をいたわる優しさを、秀忠様にお伝えいたします」

「義の心。よい言葉だのう……」

家康は、にっこりと頬《ほお》を緩《ゆる》めた。

その言葉がかつての宿敵のものだったとは、夢にも思わずに。

このすぐ後、徳川家康はその七十三年の生涯《しょうがい》を閉じる。

それでも江戸幕府は繁栄《はんえい》を続け、三百年もの長い歴史を刻《きざ》むことになる。

なぜ、江戸幕府はそれだけの長い時代を治めてこられたのか。

その答えは様々だが、まっ直ぐな武士道精神——すなわち義の心を繁栄の理由として挙げる研究者もいる。

その精神は、誰のものだったのか——真田幸村、そして十勇士たちの遺《のこ》した心は、脈々と未来へと受《う》け継《つ》がれていたのだった。

10歳から読む
エンタ名作

真田十勇士

2025年5月12日　第1刷発行

小説　田中創
イラスト　岡本圭一郎
発行人　川畑勝
編集人　芳賀靖彦
企画・編集　目黒哲也
発行所　株式会社Gakken
〒141-8416　東京都品川区西五反田2-11-8
印刷所　中央精版印刷株式会社
DTP　株式会社 四国写研

●お客様へ
[この本に関する各種お問い合わせ先]
○本の内容については、下記サイトのお問い合わせフォームよりお願いします。
https://www.corp-gakken.co.jp/contact/
○在庫については TEL:03-6431-1197(販売部)
○不良品(落丁・乱丁)については TEL:0570-000577
学研業務センター　〒354-0045　埼玉県入間郡三芳町上富279-1
○上記以外のお問い合わせは TEL:0570-056-710(学研グループ総合案内)